जो कहा नहीं गया

(उपन्यास)

जो कहा नहीं गया

लेखक:

जपजोत सिंह

जो कहा नहीं गया

पुस्तक का नाम: जो कहा नहीं गया

लेखक: जपजोत सिंह

भाषा : हिन्दी

विधा: साहित्यिक उपन्यास

मुद्रित स्थान : भारत

प्रथम संस्करण : 2026

आभार (Acknowledgement)

माँ-पापा, आपका बहुत धन्यवाद, आपने मेरा हमेशा साथ दिया और मुझे आगे बढ़ाते रहे। पापा आपका कुछ ज़्यादा शुक्रिया, आपने मेरे अंदर लिखने के बीज को बोया। आपने मुझे वो सिखाया जो और कोई नहीं सिख सका।

उन सभी का शुक्रिया जिन्होंने इस किताब के बारे में मुझे ईमानदारी से अपनी राय दी।

मेरे उन दोस्तों को मेरे तरफ से ढ़ेर सारी झपपईयां जो मेरे लिखे की हमेशा तारीफ़ करते और मुझे आगे बढ़ाते।

नानी, ज़िंदगी सिखाने के लिए आपका शुक्रिया।

नानू, ये किताब मैं आपको समर्पित कर रहा हूँ। आप जहाँ भी हो ये बात आपके चेहरे पे मुस्कुराहट लाए की आपके राजे बेटे ने एक किताब लिखी। ज़िंदगी भर मेरे चेहरे पर मुस्कुराहट लाने के लिए मैं आपका हमेशा आभारी रहूँगा। आप जहाँ से भी ये किताब पढ़ रहें हो, आशा करूंगा आपको मेरा लिखा पसंद आएगा और आप मेरे लिखे को देख कर खुश होंगे।

आशा करता हूँ, मेरी कोशिश लोगों को पसंद आए। धन्यवाद।

नानाजी के लिए

भूमिका

यह किताब मैंने करीब चार महीने पहले शुरू की थी। शुरू तो खतम करने के इरादे से ही की थी। मगर हो नहीं रही थी। शुरू-शुरू में तो ऐसा ही लगता था कि ये बेचैन कहानी निकलना भी चाहती है या नहीं? मैं अक्सर उन शब्दों को ढालने से पहले सोचता था कि मैं सही जा रहा हूँ कि ग़लत? यूँ ही सोच रहा हूँ कि इंसान अपनी ज़िंदगी में कितनी बातें कह देता है और कितनी अपने भीतर दबाकर रख लेता है। जो बातें कह दी जाती हैं, वे धीरे-धीरे स्मृति बन जाती हैं। पर जो नहीं कही जातीं, वे कहीं गहरे भीतर बस जाती हैं और हमारे साथ चलती रहती हैं।

यह किताब उन्हीं अनकहे वाक्यों की तलाश है।

जब मैंने लिखना शुरू किया तो मुझे लगा कि मैं किसी कहानी को नहीं, बल्कि अपनी ही चुप्पियों को दर्ज कर रहा हूँ। कई बार ऐसा लगा कि यह सब बहुत निजी है, शायद इसे लिखना ही नहीं चाहिए। पर फिर यह भी लगा कि हर आदमी के भीतर ऐसी ही कुछ चुप्पियाँ होती हैं—कुछ अधूरे वाक्य, कुछ अधूरी मुलाकातें और कुछ ऐसे क्षण जिन्हें वह कभी किसी से कह नहीं पाता।

शायद इसी वजह से यह कहानी सिर्फ मेरी नहीं रह जाती।

इस किताब के पात्र, उनकी यात्राएँ और उनके भीतर चलती आवाज़ें जीवन के उसी संसार से आती हैं जिसे हम सब किसी न किसी रूप में जीते हैं। पढ़ते हुए हो सकता है आपको भी अपने जीवन का कोई पल याद आ जाए—कोई रास्ता, कोई चेहरा, या कोई ऐसा वाक्य जिसे आप कभी कह नहीं पाए।

अगर ऐसा होता है, तो शायद यह किताब अपने होने का कारण पा लेगी और मैं इसे लिखने का।

क्योंकि अंत में यह सिर्फ एक कहानी नहीं है।
यह उन बातों की यात्रा है जो हमारे भीतर रहती हैं—

और अक्सर...
कभी कही नहीं जातीं।

— जपजोत सिंह

कभी-कभी आदमी अपनी पूरी ज़िन्दगी एक ही वाक्य से बचते हुए गुज़ार देता है। वह वाक्य बहुत बड़ा नहीं होता, उसमें कोई भारी शब्द भी नहीं होते, लेकिन उसके भीतर एक ऐसा सच छुपा होता है जिसे बोल देने के बाद आदमी पहले जैसा नहीं रह सकता। इसलिए वह उसे टालता रहता है। दिन बीतते हैं, साल बीतते हैं, और धीरे-धीरे वह वाक्य उसके भीतर एक बंद कमरे की तरह हो जाता है—एक ऐसा कमरा जिसकी चाबी जेब में होते हुए भी वह दरवाज़ा नहीं खोलता।

बाहर से सब ठीक दिखाई देता है; घर में लोग आते-जाते हैं, बरामदे में धूप पड़ती है, खिड़कियों पर शाम उतरती है, लेकिन उस कमरे के भीतर समय ठहर जाता है। धूल वहाँ सबसे पहले पहुँचती है, और फिर धीरे-धीरे यादें। कुछ चीज़ें ऐसी भी होती हैं जिन्हें आदमी इसलिए नहीं छूता क्योंकि उसे डर होता है कि उन्हें छूते ही वे बोल पड़ेंगी—और जो बातें वे कहेंगी, उनसे बचने की कोई जगह नहीं बचेगी। उस रात, जब शहर की ज़्यादातर बत्तियाँ बुझ चुकी थीं और गलियाँ अपने भीतर की खामोशी में लौट आई थीं, मैं उसी तरह का एक वाक्य अपने भीतर लिए चल रहा था। मुझे यह भी मालूम था कि शायद आज भी मैं उसे बोल नहीं पाऊँगा, और फिर भी मेरे कदम ऐसे उठ रहे थे जैसे किसी बहुत पुराने वादे की ओर जा रहे हों।

रात का वह हिस्सा अजीब होता है जब शहर सो चुका होता है लेकिन नींद पूरी तरह नहीं आई होती। सड़कें खाली

दिखती हैं, पर हवा में दिन भर के कदमों की थकान तैरती रहती है। कहीं दूर कोई कुत्ता भौंकता है, फिर अचानक सब शांत हो जाता है, जैसे आवाज़ भी अपनी गलती समझ कर वापस लौट गई हो। बिजली के खंभों से पीली रोशनी गिर रही थी और उस रोशनी में धूल के कण ऐसे तैर रहे थे जैसे बहुत छोटी-छोटी यादें हवा में अटकी रह गई हों। मैं धीरे-धीरे चल रहा था। जल्दी मुझे कहीं की नहीं थी। शायद जल्दी होती भी तो मैं तेज़ नहीं चल पाता, क्योंकि कुछ रास्ते ऐसे होते हैं जिन्हें आदमी अनजाने में धीमा कर देता है।

मुझे लग रहा था कि अगर कदम हल्के रखे जाएँ तो मंज़िल थोड़ी देर से आएगी, और उस देर में दिल को समझाने का थोड़ा और समय मिल जाएगा। लेकिन रास्ते अपने समय से चलते हैं। वे किसी की हिचकिचाहट से प्रभावित नहीं होते। वे बस आदमी को वहाँ पहुँचा देते हैं जहाँ उसे पहुँचना होता है। और उस रात भी वही हुआ। कुछ देर बाद मैं एक पुराने दरवाज़े के सामने खड़ा था—एक ऐसा दरवाज़ा जिसे मैंने बहुत सालों से खोला नहीं था।

दो दिन पहले

मैं रोज़ की तरह लाइब्रेरी खोलने निकल पड़ा था, पर उस दिन सुबह ने जैसे मुझे अपने भीतर ही रोक रखा था। कॉर्टर से आते-आते इतनी देर नहीं लगती। लेकिन उस दिन मैं अपने तय समय से काफी देर से चल रहा था। शरीर में कुछ ढीलापन सा लग रहा था। बिस्तर ने भी जाने क्यों छोड़ा नहीं था मुझे। पर खुद को समझाते हुए मैंने थोड़ा ज़ोर लगाया और निकल गया अपने कॉर्टर से। चाबियाँ उस दिन ज़िद पर थीं। ताले में घूमना नहीं चाहती थीं। मैंने दो-तीन बार कोशिश भी की। देर काफी हो गई लेकिन मैं भागा दौड़ी क़रने वाला इंसान न था। थोड़ी देर मुझे चल रही थी। इतने आराम से कभी ज़िंदगी नहीं जी मैंने। मगर उस दिन क्या भूत चढ़ गया था मुझ पे, क्या पता?

एक पल को लगा जैसे चाबी नहीं, मैं ही नहीं घूम पा रहा हूँ। खैर, मैं स्टेशन पहुँचा तो काफी शांति थी। स्टेशन पे नहीं। मेरे मन में। लोग तो वैसे ही थे जैसे होते हैं। लोगों का क्या है। वे थोड़ी बदल सकते हैं। बदल तो कोई खुद ही सकता है न? एक तो खुद को उस दो कमरे वाले कॉर्टर से निकालने में इतना समय लग गया। लगा जैसे मैं ही बदला-बदला सा हूँ। जनता का क्या ही है। ख्याल भी कहा साथ देते हैं इस उम्र में। बासठ का हो गया हूँ। तिरसठ का होने वाला हूँ कुछ दिनों में। लोग कहते है की इतनी उम्र में भी, मैं रोज़ सुबह उठ के लाइब्रेरी आ जाता हूँ। कैसी बात हुई? अब लोग क्या कह रहे हैं, उससे मुझे क्या? इतने सालों में इतना तो सीख ही लिया कि लोगों की नहीं सुननी है, खुद

की करनी है। तो बस उसी पे ज़िंदगी जी रहा था मैं। और वैसे उम्र का क्या है बस संख्या बदलती है। आदमी और उसकी सोच तो वही रहती है शायद।

'शायद' शब्द काफी कमज़ोर लगता है। हर बात को कहीं बीच में छोड़ देता है। न हाँ में, न ना में। समझ ही नहीं आता कोई कहना क्या चाहता है? और लोगों की सबसे बड़ी कमज़ोरी यही होती है जब वो ये शब्द का इस्तेमाल करते है। और मैं उन लोगों में से एक हूँ, शायद। पर ऐसा भी तो हो सकता है कि लोगों की कुछ मजबूरी हो? शायद वो कुछ छुपाना चाहते हो? अब ये उनकी कमज़ोरी है या मजबूरी ये तो वही जानते है। मैं भी एक हिस्सा ही हूँ उन लोगों का। जो इसका इस्तेमाल करते है या फिर उनमें से, जिन्हें नहीं पता कि ये कमज़ोरी है या मजबूरी, मगर फिर भी वो इसका प्रयोग करते है, शायद।

दुकानें खुल चुकीं थीं और सब अपने-अपने मंज़िल को निकालने के लिए तैयार थे। तैयार तो मैं नहीं था। अपनी लाइब्रेरी खोलने के लिए। मैंने सोचा था कि सारे मेरी राह देखते होंगे कि चाचा आए नहीं पर कोई खास ध्यान नहीं दे रहा था, सिवाये बिरजू के। चाय के भगोने से उठती भाप उसके चेहरे के पास धुंध बना रही थी। वो सवेरे-सवेरे ग्राहकों को चाय पिला रहा था और उसकी नज़र लाइब्रेरी के दरवाज़े पर थी। कि जैसे मैं आऊँगा और कब उस दरवाज़े को खोलूँगा। वो मेरा चहीता था। उस महाशय की एक चाय की

दुकान थी। ठीक मेरी लाइब्रेरी के सामने और वो बड़ी अच्छी चाय बनाता था। लेकिन वो मेरा चहीता सिर्फ इसलिए न था। हमेशा मेरे लिए होता था वो चाहे दिन के चार बजे हो या रात के। और कोई कहाँ इतना सोचता था मेरे बारे इतना?

मैं काफी कुछ कहता नहीं था किसी के सामने, पर बिना कहे कोई समझता भी कहाँ था। मगर बिरजू समझता था। मैं स्टेशन के एंट्री गेट से उसे देख रहा था। मैं उसके तरफ बढ़ ही रहा था कि एक आदमी उसके तरफ बढ़ा। वो पंछियों और खरगोशों को पिंजरे में बेच रहा था। मुझे पिंजरे कभी अच्छे नहीं लगे। बचपन में मेले से एक बार पंछी लाने की ज़िद की थी। अब्बू ने कहा था—"किसी की उड़ान मत खरीदो।" उस वक़्त समझ नहीं आया था। आज समझ आता है। कोई कैसे किसी को क़ैद कर सकता है? कैसे कोई सोचता है कि वो इस चीज़ का हक़दार है? क़ैद करने से किसी को क्या ही मिलता होगा? खुशी? अगर खुशी मिलती है तो क्या इंसान रह गए हो तुम? किसी को क़ैद करना पाप से कम थोड़ी ही होता है। अब पाप कर के जो खुश है उसका हम क्या ही कर सकते हैं? वो उसकी तरफ गया तो मुझ से रहा न गया। किस नाम का इंसान था वो? मुझे आश्चर्य भी न था कि ये बातें, मैं कर रहा था। मैं जब बिरजू की दुकान की तरफ बढ़ रहा था, वो उससे कुछ कह रहा था।

"भइया, एक लोगे क्या?"

"शर्म नहीं आती, जानवरों को पिंजरे में बंद करके बेचता है?" मैंने उससे कहा।

कहते समय मेरी आवाज़ कुछ ज़्यादा ही ऊंची हो गए थी। मैं काफी गुस्से में आ गया था। बिरजू ने मुझे जाने देने को कहा, मगर मैं नहीं सुना। आस पास वाले देखने लगे थे अब। लोगों को दिलचस्पी भी लड़ाई-झगड़ों में ही आती है, क्या कहें। उस आदमी ने मुझे काफी देर तक ताका और फिर रोने लगा। कह रहा था 'भइया इसी से घर चलता है क्या करून!'। अब उसकी मजबूरी पर डांट कर मुझे बुरा लग रहा था। अब मैं यूँ सबकी हालत का जानकार नहीं न हो सकता! मैंने उस से बचे हुए चार पिंजरों के दाम पूछे। कहता आपको जो देना है दे दीजिए। मैं बिना सोचे लाइब्रेरी की तरफ गया। दरवाज़े को चाभी लगाई और लाइब्रेरी खोली। वो भी मुझे तिरछी नज़रों से देख रही थी। आज थोड़ी देर हो गई थी न। लाइब्रेरी नाराज़ हो गई थी शायद। उसकी धूल मिट्टी को मैं अब तक साफ करके कुर्सी पर बैठ मिलता मगर अब क्या करता? मैंने उसकी नाराज़गी को माना और दराज़ से कुछ पैसे निकाले। लाइब्रेरी को कहा कि मैं एक मिनट आया। बिचारी ने मुँह फुला लिया था। मैं उसकी नाराज़गी को जानता था मगर क्या करता, उस आदमी को कुछ बताना था।

मैंने दराज़ से कुछ हज़ार निकाले और बाहर को गया। मैं अपना टिफन वाला बैग भी रखना भूल गया था। उस ही

बैग को टाँगे हुए मैं जब बाहर को गया तो बिरजू और वो आदमी मेरी राह देख रहे थे, शायद। उसकी आँखों से नमी जाने का नाम नहीं ले रही थी। मैंने उसकी आँखों में आँखें डाले कहा—'मैं इस बात से खुश हूँ कि तुम मेहनत से काम करने की कोशिश करते हो पर, किसी को क़ैद कर के कभी मत रखना, पाप चढ़ता है! अब कोई तुम्हें ही क़ैद कर दे तो कैसे लगेगा? अच्छा नहीं न लगेगा। तो बस ऐसा मत करना ठीक?'।

मैंने उसे अपने अब्बू की सलाह चिपका दी थी। उन्होंने भी मेरी ज़िद का यही जवाब दिया था। मैंने उसकी आँखों की नमी और आंसुओं को अपने रुमाल से अलविदा कहने की कोशिश की, तो गले लगा बैठा मुझे। गले लग कर धन्यवाद कहने की कोशिश कर रहा था शायद। मैंने भी खुशी-खुशी, उसकी खुशी और धन्यवाद को स्वीकार किया। वो बाकी चार पिंजरों को छोड़ गया था। मैंने अपने हाथों से चारों पिंजरे के दरवाजों को खोला। तीन पंछी उड़े और एक खरगोश फुदक कर बाहर आ गया। पंछी अपना घर ढूँढते हुए वापस आसमान में उड़ गए और खरगोश कुछ पलों में गायब हो गया। मैं उस दिन पाँच क़ैदियों को उनके पिंजरे से निकाल कर काफी खुश था।

खुशी इस बात की भी थी कि वे अपना घर नहीं भूले थे और न ही अपने घर जाने का तरीका। इसी खुशी में, मैं लाइब्रेरी की ओर मुड़ा तो अभी भी गुस्से में थी। मगर लाइब्रेरी को भी मेरे कर्म पसंद आए थे। इस कारण से, वो

अपने आप को इतने वक़्त तक गुस्सा नहीं रख पाई थी। मैं लाइब्रेरी को खुश देख, ज़्यादा खुश था। खुश होने के लिए कारण नहीं चाहिए होता, मगर मेरे पास कई कारण थे। इसलिए मैं उन कारणों को ले कर, बेहद खुश था।

हिसाब मैंने कभी नहीं रखा। न दिनों का, न अपनी ही धड़कनों का। जीवन मेरे सामने खुली किताब की तरह नहीं थी। वो बस कहीं रखा हुआ एक रैक था, जिसमें किताबें थीं, धूल थी, और बीच-बीच में कुछ अधूरे ख्वाब किताबों को पूरा करने के। मेरी लाइब्रेरी हो या मेरा साधारण-सा दिन—मैंने उन्हें कभी जोड़कर नहीं देखा। जोड़ना मुझे आता भी नहीं था। मैं बस बैठ जाता था, चीज़ों के साथ। उस दिन भी मैं अपनी दराज़ के पास सटकर बैठ गया था। जैसे कोई पुराना दोस्त हो, जिससे बात न करनी पड़े, फिर भी साथ अच्छा लगे। कमरे में एक धीमी-सी स्थिरता थी—पंखे की आवाज़, बाहर से आती किसी अजनबी कदमों की आहट, और भीतर फैलती हुई मेरी अपनी सुस्ती। मैं उस वक़्त सिर्फ अपनी सुस्ती का हिसाब सही-सही लगा सकता था। वो मेरे भीतर रेंगती हुई आती थी, कंधों पर टिकती, पलकों को भारी करती। जैसे कोई अदृश्य हाथ मुझे धीरे-धीरे नीचे दबा रहा हो।

नींद दरवाज़े से कभी भी दस्तक दे सकती थी। ये बात मुझे कुछ हद तक पता थी। नींद का अपना कोई समय नहीं होता। वो बस आती है, बिना अनुमति के, और वो आई

भी। बहुत विनम्रता से नहीं, बल्कि ऐसे जैसे उसे यक़ीन हो कि मैं तैयार हूँ। मैंने टेबल पर अपने दोनों हाथ टिकाए। लकड़ी ठंडी थी, स्थिर थी। कुछ देर तक मैं जागने का अभिनय करता रहा। मगर अभिनय भी आखिर कितनी देर? पलकें झुक गईं। साँसें थोड़ी गहरी हो गईं। और मैं, बिना किसी बड़े विचार के, बिना किसी नाटकीयता के, धीरे-धीरे नींद के हवाले हो गया। खर्राटों की एक हल्की-सी लय कमरे में फैल गई। अब होनी को कौन टाल सकता है। तो यूँ मैं भी उसको न टाल सका और वो मुझ पर हावी हो गई। बिना मुझ से पूछे कि मैं उस समय सोने लायक था भी कि नहीं। लायक बनना पड़ता है चीज़ों के, और मैं कहाँ था सबके लायक। न ही मैंने कभी लायक बनने की कोशिश की।

नींद पहले हल्की-सी आई। जैसे कोई दरवाज़े की चौखट पर खड़ा हो और भीतर झाँक कर देखे कि जगह है या नहीं। फिर उसने बिना पूछे भीतर कदम रख दिया। मुझे लगा मैं अब भी उसी कुर्सी पर हूँ, मगर कुर्सी हिल रही थी—धीरे, लय में। आँखें खोलीं तो पाया कि मैं ट्रेन में बैठा हूँ, खिड़की वाली सीट पर। वही सख़्त नीला गद्दा, ऊपर जाली में रखा किसी अजनबी का बैग, सामने बैठे लोग जो मौजूद भी थे और जैसे नहीं भी। मुझे याद नहीं कि मैं कब चढ़ा, टिकट कब ली, या किसने कहा कि अब चलना है। जीवन की कुछ यात्राएँ बिना घोषणा शुरू होती हैं—यह भी शायद वैसी ही थी।

तभी लाउडस्पीकर पर टूटी हुई आवाज़ गूँजी—"अगला स्टेशन..." और फिर उस शहर का नाम आया। काफी जाना-पहचाना सा नाम था। लगा कहीं तो सुना था। उस नाम में दोपहर की धूप थी, संकरी गलियों की गूँज थी, एक आँगन की ख़ामोशी थी। छाती के भीतर कुछ हल्का-सा काँपा। लगा जैसे उतर जाना चाहिए। जैसे बहुत समय से वहीं उतरना बाकी था।

मैंने खिड़की से बाहर देखा—पर बाहर कुछ नहीं था। न खेत, न मकान, न प्लेटफ़ॉर्म। सिर्फ धुंध। ऐसी धुंध जो दृश्य को नहीं, याद को ढँकती है। मैंने काँच पर हथेली रखी। काफी ठंडा लग रहा था। उँगलियों की नमी से हल्का-सा धब्बा बना, पर उसके पार अब भी कुछ नहीं। ट्रेन चल रही थी, पहियों की लय थी, मगर दृश्य अनुपस्थित था। घोषणा दोबारा हुई, इस बार और धीमी, जैसे कोई फूस-फुसा रहा हो—"यात्रियों से निवेदन है..." मेरा मन सीट से उठना चाहता था, मगर शरीर वहीं जड़ गया। कुछ जगहें हम छोड़ आते हैं, कुछ जगहें हमें छोड़ देती हैं। मैं तय नहीं कर पाया कि यह स्टेशन मेरे लिए था भी या नहीं। तभी सब कुछ स्थिर हो गया—आवाज़, लोग और समय। मुझे काफी गुस्सा आ रहा था इस जकड़न से। न जाने क्यों मुझे उठने नहीं दे रही थी।

उसी ठहरे हुए पल में किसी ने मेरा नाम लिया। जानी-पहचानी सी आवाज थी। आवाज कान के पास आ गई थी—

“चाचा...” मैंने आँखें खोलीं। मैं लौट चुका था। हथेलियों के नीचे फिर वही ठंडी लकड़ी थी। पंखा घूम रहा था। बाहर से बर्तनों की हल्की-सी खनक सुनाई दे रही थी। बिरजू सामने खड़ा था मेरे। हाथ में चाय का गिलास पकड़ कर।

“सो गए क्या?” उसने पूछा। कमरे में कोई ट्रेन नहीं थी, कोई धुंध नहीं, कोई घोषणा नहीं। खिड़की के बाहर धूप थी और वो कहीं वापस जा रही थी। मगर भीतर कहीं पहियों की आवाज़ अभी भी चल रही थी—धीमी, लगातार। जैसे कोई स्टेशन अभी भी छूटा हुआ हो। मैंने आस पास देखा मगर मैं छूट चुका था उस सपने से।

मेरे सामने से ग़रीब रथ एक्सप्रेस धीरे-धीरे सरकती हुई गुज़र रही थी। उसके डिब्बों का नीला रंग स्टेशन की पीली रोशनी में कुछ फीका-सा लग रहा था, जैसे किसी ने उस पर से चमक उतार ली हो और सिर्फ़ थकान छोड़ दी हो। रेल की पटरियों पर धातु की घर्षण ध्वनि देर तक खिंचती रही, और उस आवाज़ में एक अजीब-सी खिंचाव भरी विरक्ति थी—जैसे कोई बात जो पूरी कही नहीं गई हो।

मैं लाइब्रेरी का दरवाज़ा बंद करने ही वाला था। घड़ी नौ बजकर दस मिनट दिखा रही थी; आम तौर पर मैं नौ बजे तक निकल जाता हूँ, पर उस दिन हाथ दरवाज़े पर ठिठक गए। कोई स्पष्ट कारण नहीं था, बस ऐसा लगा जैसे अगर अभी चला गया तो कुछ अधूरा रह जाएगा। अधूरापन अक्सर वस्तुओं में नहीं, मन की धुंध में छिपा होता है, और उस शाम वही धुंध मुझे रोके हुए थी।

मेरी रूह को अक्सर बुलावा आ जाता था यदि कोई नया नवेला व्यक्ति आने वाला होता तो। मगर उसके आने पर मुझे ज़रा भी आशंका नहीं हुई कि कोई भीतर आने वाला था। मैं अपनी नज़रों को रेल्वे प्लेटफ़ॉर्म पे बड़ी देर से दौड़ाने की कोशिश में लगा हुआ था। कुछ पल बाद मेरी नज़र प्लेटफॉर्म के किनारे पर पड़ी। वह नीली शर्ट वाला आदमी प्लेटफ़ॉर्म के किनारे खड़ा था। भीड़ का हिस्सा होकर भी भीड़ में शामिल नहीं था। उसके कंधों में एक स्थायी झुकाव था, जैसे उसने जल्दबाज़ी करना छोड़ दिया हो।

कुछ लोग देर से नहीं पहुँचते, वे बस रुक जाते हैं—और रुक जाना उनके लिए पहुँच जाने जैसा होता है। वो शायद उनमें से ही एक था पर उनमें नहीं था। उसकी आँखें इधर-उधर भटक नहीं रहीं थीं; वह सीधे इस तरफ़ देख रहा था, शायद मेरी ओर, शायद उस छोटी-सी लाइब्रेरी की ओर जो स्टेशन के बीचों-बीच होकर भी उपेक्षित खड़ी रहती है। इस जगह की सबसे बड़ी ख़ासियत यही थी कि यहाँ ठहरना इच्छा से कम और परिस्थिति से ज़्यादा होता है। और मुझे हमेशा से मजबूरी में ठहरे हुए लोगों से एक अजीब आत्मीयता रही है। ज़िंदगी में आदत सी हो गई थी इस चीज़ की। आदतन जो चीज़ें मैं करता हूँ उस को छुड़ाना काफी मुश्किल सा था।

मैंने दरवाज़ा पूरी तरह बंद नहीं किया। वह वहीं खड़ा रहा। ट्रेन निकल चुकी थी, पर उसके पाँव जैसे ज़मीन में धँसे हुए थे। हिलते ही नहीं थे। मैंने औपचारिकता में कहा कि लाइब्रेरी बंद हो चुकी है, पर मेरी आवाज़ में सख़्ती नहीं थी। वह चुप रहा। शायद वह सुनना नहीं चाहता था या सुनने की कोशिश नहीं कर रहा था, जानते हुए की मैं कुछ बोल रहा था।

उसकी चुप्पी सामान्य चुप्पी नहीं थी; स्टेशन पर कभी पूर्ण शांति नहीं होती—कहीं चायवाले की पुकार, कहीं सामान घसीटते यात्री, कहीं मोबाइल पर ऊँची आवाज़ में बात करता कोई लड़का। पर उसकी चुप्पी इन सब ध्वनियों के ऊपर एक परत की तरह फैली हुई थी। उस परत से सब इतने

परे थे कि किसी ने कभी उस परत को छूने की या उसे हटाने की कोशिश ही न की, लेकिन उस परत के हट जाने की उम्मीद हर वो इंसान करता जिसकी नज़र में वो परत आ जाती।

वह कुछ कहना चाहता था, पर शब्दों को भीतर ही पकड़े हुए था, जैसे वे बाहर आकर टूट जाएँगे। वो अपने आप को पूरा ज़ोर लगाए पकड़ा हुआ था। शब्द उसके बोलने के सीमा पर खड़े थे पर पार नहीं होते। न जाने क्यों? अंदर कदम रखने के कुछ क्षण बाद उसने पूछा— "क्या आप रोज़ यहाँ होते हैं?" मैंने हाँ कहा। फिर उसने पूछा कि रोज़ एक ही जगह होना कैसा लगता है। प्रश्न साधारण था, पर उसमें एक थकान छिपी थी—मानो वह जानना चाहता हो कि स्थिरता सज़ा है या शरण। मैंने उत्तर देने में देर की। कुछ सवाल जवाब नहीं, स्वीकार माँगते हैं। उसने मेरी चुप्पी को उत्तर मान लिया था। इंतज़ार की गुंजाइश ही न छोड़ी। वह धीरे-धीरे भीतर आया और अलमारियों पर रखी किताबों को ऐसे देखने लगा जैसे किसी नाम की तलाश हो। तलाश न जाने इंसान को कहाँ-कहाँ खींच ले जातीं हैं! मैंने गौर किया कि उसकी उँगलियाँ बार-बार शर्ट के किनारे को मरोड़ रही थीं। बेचैनी अक्सर हाथों में आकर बस जाती है; मन जब सहारा नहीं पाता तो उँगलियाँ छोटे-छोटे सहारों में उलझ जाती हैं। वो भी यूँ ही, उलझनों में कहीं उलझ गया था।

"वो पढ़ती थी," उसने कहा।

यह पहला संकेत था कि उसकी कहानी में कोई और भी है। 'वो' शब्द में जितनी जगह थी, उतना विस्तार शायद किसी पूरे नाम में भी नहीं होता। मैं झिझक कर ज़िंदगी में आगे चलता था। इसलिए मैंने उससे कुछ नहीं पूछा। प्लेटफ़ॉर्म के उस पार किसी बच्चे के रोने की आवाज़ आई; उसने क्षणभर उधर देखा और फिर नज़र फेर ली। कुछ दृश्य हमें अपने भीतर की दरारों की याद दिला देते हैं। वह बैठ गया, जैसे खड़े-खड़े थक चुका हो, पर बैठने से राहत नहीं मिली हो। राहत शायद वो किसी और दिन के लिए घर छोड़ आया था। उसकी आँखों के नीचे गहरे और काले गड्ढे थे। मैं उसके आँखों को देख ही रहा था कि उसने जेब से एक पुराना, मोड़ा हुआ टिकट निकाला। काग़ज़ नमी से हल्का मुड़ चुका था। झूठ में घूम फिर कर आया वो आदमी असल में अपनी ट्रेन को अलविदा कर, उस जगह बैठा था। उसको देख कर लग नहीं रहा था कि उसे वापस न लौटने का ग़म हो।

"यह वापसी का टिकट था" उसने कहा।

उसके स्वर में कोई नाटकीयता नहीं थी, बस एक सीधी, सपाट स्वीकृति—जैसे कोई तथ्य जो अब बदला नहीं जा सकता। बदला भी कैसे जाता उसने फैसला ही ऐसा लिया जो अब बदलने की वो सोच न सकता। मैंने टिकट को हाथ में नहीं लिया। कुछ चीज़ों को छू लेने से वे हमारे हिस्से में

आ जाती हैं, और हर पीड़ा को अपने हिस्से में लेना आवश्यक नहीं होता। तो मैंने उस टिकट को अपने हिस्से न आने दिया और बात को आगे बढ़ा दिया।

मैंने सिर्फ़ इतना पूछा—"अब?" उसने कंधे उचका दिए। यह इशारा किसी शब्द से अधिक सच्चा था। फिर मैंने धीरे से पूछा—"कब?" उसने कहा—"बारिश में।" और उस एक शब्द ने पूरी शाम का रंग बदल दिया।

बारिश हर किसी के लिए एक-सी नहीं होती; किसी के लिए स्मृति, किसी के लिए आरंभ, और किसी के लिए स्थायी विराम। मुझे मालूम न था कि मैं क्यों उससे बातें कर रहा था या क्यों उसकी सुन रहा था। मगर कभी कबर कुछ न जान कर भी करने में एक अलग ज़िंदगी झलकती है।

"बारिश में," उसने दोहराया, जैसे वह सुनिश्चित करना चाहता हो कि मैं शब्द को ठीक से सुन लूँ। उसके चेहरे पर कोई नाटकीय भाव नहीं था, पर उसकी आँखों के नीचे हल्की सूजन थी—ऐसी जो नींद की कमी से नहीं, किसी लंबे इंतज़ार से आती है। उसकी सूजी हुई आँखों को देख, मुझे काफी तरस सा आ रहा था। स्टेशन की छत पर कहीं पानी टपक रहा था, जबकि उस शाम बारिश नहीं थी। कुछ आवाज़ें स्मृति में रहती हैं और वातावरण उन्हें दुहराने लगता है। शायद उस दिन वही हो रहा था। वह कुर्सी पर पीछे की ओर टिक गया।

"उसे बारिश पसंद थी," उसने कहना शुरू किया, "ऐसी बारिश नहीं जो शहर को डुबो दे, बस हल्की... जिससे हवा बदल जाए।" उसके कहने का ढंग ऐसा था मानो वह मौसम नहीं, किसी स्वभाव का वर्णन कर रहा हो।

मैंने उसे बीच में नहीं टोका। इसलिए क्योंकि मुझे टोकने की खराब आदत न थी और जब लोग अपनी स्मृतियों में उतरते हैं तो उन्हें रस्सी नहीं, खाली जगह चाहिए होती है। तो मैं, बस उसे एक खाली जगह देने की कोशिश में था। "वो यहाँ आती थी," उसने चारों ओर देखा। "किताबें उलटती-पलटती, पर ज़्यादा पढ़ती नहीं थी। कहती थी, पढ़ने से ज़्यादा अच्छा है किताबों के बीच बैठना और उनसे दोस्ती करना।" वह हल्का-सा मुस्कुराया, और वह मुस्कान स्थायी नहीं थी; जैसे पानी पर उभरी लहर, जो तुरंत समतल हो जाती है।

"मैं उसे छोड़ने आता था। कभी अंदर नहीं आया। लगता था ये उसकी जगह है, मेरी नहीं।" ऐसा वो शायद कहना चाहता था मगर कह नहीं पाया। मैंने उसे कभी इस जगह पर देखा नहीं था तो मेरे पास कहने को शब्द भी काफी नहीं थे।

मैंने पूछा, "फिर?"

उसने गहरी साँस ली। मगर कुछ बोला नहीं। उसे शायद वापस जाने का मन था नहीं। उसके बोल वापस उस सीमा पर जा खड़े हो गए थे, जहाँ पहले थे या शायद उसी किनारे

पे, जहाँ वो खड़ा था। "अब वो कह रही है कि उसे जाना है। बहुत दूर नहीं, बस इतना कि रोज़ मिलना संभव न हो।" उसने यह वाक्य बहुत सादगी से कहा, पर उसमें एक ऐसा विराम था जो अनकहे संवादों से भरा था। "मैंने कभी सोचा नहीं था कि कभी ये दिन आएगा।"

स्टेशन पर एक और ट्रेन की घोषणा हुई। इस बार वह तनकर नहीं बैठा। जैसे जो जाना था, वह पहले ही जा चुका हो।

"उस दिन भी बारिश थी," उसने कहा।

"मैंने उसके लिए वापसी का टिकट लिया था। सोचा था दो दिन में लौट आएगी। उसने टिकट हाथ में लिया, देखा... और हँस दी। बोली—'तुम्हें यक़ीन बहुत जल्दी हो जाता है।'"

उसकी आवाज़ इस वाक्य पर थोड़ी काँपी। "और मैं सच में यक़ीन कर बैठा था।" मैंने पूछा नहीं कि वह लौटी या नहीं। उसके चेहरे से उत्तर साफ़ था। कुछ कहानियों में 'न लौटना' घटना नहीं, स्थायी स्थिति होता है और उसकी कहानी शायद कुछ ऐसी ही थी। उसकी आँखों में नमी थी। जो सच कहूँ तो जायज़ थी। लोगों के न लौटने पर हम काफ़ी इंतज़ार करते है। मगर हम ये भी जानते हैं कि वो कभी लौटेंगे नहीं।

“उसके बाद मैं कई दिन यहाँ आया,” उसने धीरे से कहा। “ट्रेनें देखता रहा। हर नीली बोगी में उसका चेहरा ढूँढता रहा। कोई भी उतरती लड़की कुछ पल के लिए वही लगती थी। फिर पास आकर कोई और निकल जाती। मैं काफी थक गया हूँ इस खोज से मगर मैं कभी थकना नहीं चाहता था। मगर क्या करून उसका होने के अलावा इंसान सा भी महसूस करने लगा हूँ।” उसने आँखें बंद कर लीं। उसकी पलकें काफी भारीं लग रही थी, उसने कहा ही कि इंसान सा भी महसूस कर रहा था वो। “इंसान उम्मीद से नहीं थकता, पर अपनी गलतियों से आख़िरकार थक जाता है।”

लाइब्रेरी की घड़ी ने साढ़े नौ बजाए। मुझे दरवाज़ा सचमुच बंद कर देना चाहिए था, पर अब समय औपचारिक हो चुका था। उसके मन की बातें मुझे सता रहीं थी। मुझे कुछ सही सा नहीं लग रहा था। समय के सिवा अब सब अनौपचारिक हो चुका था। वह मुझे अपनी कहानी के उस हिस्से में पहुँचा चुका था जहाँ शब्द कम और स्वीकार ज़्यादा होता है। और मैं उसकी कहानी में दार्शनीय तौर पे अपने सामने से एक परदे को हटाने के लिए आतुर था। कई बार हमें कई ऐसे लोग मिलते हैं जो हमें अपनी कहानियों से ऐसे परिचित करते है कि हमारी दिलचस्पी काफी बढ़ जाती है। लेकिन सबसे बड़ी चीज़ ये होती है कि वे हमें परदे के पीछे कहीं छोड़ जाते हैं और हमें इसी आतुरता में खुद को सवाल करने पे मजबूर कर देते हैं। मैं न जाने किस दुविधा से

गुज़र रहा था। मुझे सही से पता भी न था कि उस परदे को हटाना चाहिए भी कि नहीं?

ये सवाल मेरे निज में प्रवेश कर गया था। वापस से। कई बार मेरे अंदर ये सवाल खटका था पर यकीनन मैं इसका उत्तर आज तक न जान पाया। इसी दौरान उसने अपने हाथों को मुह पर फेरा और आँखों को सीधा मेरी तरफ घुमाया।

"आपको पता है," उसने अचानक कहा।

"मैं शादी से नफ़रत करता था।" वह हल्का-सा हँसा, पर हँसी में कटुता नहीं थी, आत्म-व्यंग्य था। "घर वाले रिश्ते दिखाते रहे, और मैं हर बार मना करता रहा। लगता था कोई बंधन मुझे छोटा कर देगा। फिर उसी ने एक दिन पूछा—'तुम्हें डर किस बात का है?' और मैं जवाब नहीं दे पाया। शायद मुझे बंधन से नहीं, अपने बदल जाने से डर था और मैं कभी कुछ कह सका।"

अब उसकी कहानी उस मोड़ पर आ रही थी जहाँ व्यक्तिगत अहं और भावनात्मक असुरक्षा एक-दूसरे से टकराते हैं। मैं सुन रहा था, पर भीतर यह भी समझ रहा था कि यह सिर्फ़ प्रेम कहानी नहीं है; यह उस आदमी की कहानी है जो अपनी ही स्थिरता के भ्रम में खड़ा रह गया, जबकि उसके आसपास सब आगे बढ़ गया।

वह उठकर अलमारी के पास गया, एक किताब निकाली, फिर वापस रख दी। "उसने कहा था कि अगर मैं कभी सच में बदलूँ, तो उसे बताना। मैंने सोचा था बदलना कोई काम नहीं है। पर अब समझ में आता है कि बदलना सबसे कठिन काम है। जो मैं शायद आज तक न कर पाया।" उसके शब्दों से कटुता अब झाँकने लगी थी। मैं भी झाँकने की कोशिश करता था। मगर मैं खुद को रोक लेता था। न जाने उस परदे से झाँकने पर मुझे अच्छा नहीं लग रहा था। अब सबके परदे के पार कुछ जादुई हो, ऐसा जरूरी तो नहीं है! उसकी कहानी का पर्दा मुझे न जाने क्या दिखाने वाला था जो झाँकने पर ही ऐसी झलक दे रहा था। अब उस परदे को पकड़ने वाला भी मैं था और झाँकने की कोशिश करने वाला भी। वो उस परदे के पार न जाने क्या छुपा रहा था। इस सब के दौरान, उसने जेब में रखा पुराना टिकट फिर से मोड़ा और वापस रख लिया।

"आप रोज़ यहाँ होते हैं? पक्का?" मैंने उसकी ओर देखते हुए कहा, "हाँ मैं रोज़ यहाँ रहता हूँ, तुम जब चाहे आ सकते हो।"

"आऊँगा पर उसके साथ," उसने कहा। वो हल्की सी मुस्कान अब भी उसके चेहरे पर थी। मगर उसने यह सीधी तरह नहीं बोला। लाइब्रेरी में कुछ बोल सुरक्षित रखे जाते हैं; उन्हें तत्काल में कुछ कहना ज़रूरी नहीं होता। बाहर प्लेटफ़ॉर्म लगभग खाली हो चुका था। रात गहराने लगी थी। वह दरवाज़े की ओर बढ़ा। इस बार उसके कदम भारी

नहीं थे, बस शांत थे। जैसे उसने तय कर लिया हो कि रुकना अब समाधान नहीं है।

जाते-जाते उसने एक बार मुड़कर देखा—उस नज़र में अपेक्षा कम और स्वीकार अधिक था। दरवाज़ा बंद करते समय मुझे पहली बार लगा कि कुछ सचमुच छूट गया है। शायद वह नहीं, शायद उसकी प्रतीक्षा। और प्रतीक्षाएँ हमेशा व्यक्ति से बड़ी होती हैं। लोग शायद ऐसे ही बड़े होते हैं, प्रतिक्षाओं में। बड़े होते हुए हमें ये इतनी छोटी सी चीज़ इतना सताती है और हम बड़े हो कर इसी पे जीते हैं। वो एक अलग सफर की तरफ निकल गया था शायद। मैं अब उसे एक हद तक पहचानता था। सिर्फ उसके बोल सही से न जान पाया और वो पर्दा बस एक झलक तक ही रह गया।

लाइब्रेरी बंद थी। पर उस रात कुछ बंद नहीं हुआ।

उस रात मैं न जाने किस नशे में अपने आप को सलाहें देता रह गया। कुछ पल में मैं सो गया। न जाने मुझे क्या लग रहा था कि मैंने कॉर्टर की तरफ देखा तक नहीं और दराज़ के बगल वाली कुर्सी को देखता हुआ अपने ख्यालों को बिना बताए गहरी नींद में लाइब्रेरी के अंदर ही सो गया।

सच कहूँ तो कभी मन नहीं किया लाइब्रेरी में सोने का। न ही कभी ऐसा महसूस हुआ। वो काफी लोगों के जैसा था। कुछ बोले बगैर, बहुत कुछ बता गया था। यूँ तो मेरा मन नहीं मानता था। मगर उस रात जिस मदहोशी में मैं था,

मैं खुद को रोकने की स्तिथि में न था, इसलिए मैं सो गया और मेरी बेचैनीयां मेरे साथ उस कोने में पड़ीं थीं।

ख़याल, ख़याल और ख़याल। शायद आदमी के दिमाग में यही तीन चीज़ें सबसे ज़्यादा जगह घेरती हैं। जब ये ठीक रहें तो दिन सामान्य गुजर जाता है, और जब बिगड़ जाएँ तो बिना किसी बड़ी वजह के भी सब उलझा-सा लगता है। मगर उस आदमी ने मेरे ख़यालों को बिगाड़ा नहीं था। उल्टा, उसने जैसे उन्हें थाम लिया था। मन बड़ी नाज़ुक चीज़ होता है। उसे संभालना हर किसी के बस की बात नहीं। मगर उसने संभाल लिया था।

कई बार दूसरे उलझनों में होने के बावजूद हमें पढ़ कर, संभालने की पूरी कोशिश में लगे रहते हैं। वो भी अनजाने में यूँ ही मुझे पढ़ कर संभाल रहा था। लेकिन ये एहसास मुझे उसके जाने के काफी समय बाद हुआ। तब उसे धन्यवाद कहने का मन तो कर रहा था लेकिन वो कल रात ही जा चुका था। मैं ठीक तरीके से उसके शब्दों को याद नहीं कर पा रहा था और न ही उसे भुलाने की कोशिश। मैं काफी दुविधा में या गया था।

उसका ख़याल सुबह भी वैसा ही था जैसा रात में था—चुप और स्थिर, बिना आवाज किए। उस सुबह स्टेशन की आवाज़ें भी जैसे मुझ तक पहुँच नहीं रही थीं। लगा जैसे कान सुन्न पड़ गए हों। मगर ऐसा नहीं था। नींद से उठते ही मुझे अपना होना महसूस हुआ। जैसे किसी ने भीतर कोई शब्द रख दिया हो—जिसका अर्थ तो मालूम हो, पर उच्चारण भूल गया हो।

कई साल बाद वह सुबह तन्हा नहीं लगी। लगा कि जैसे मैं कहीं गया था और लौट आया हूँ। अच्छा लगा वो भी बिना वजह। मगर आया मैं नहीं था। कोई और आया था। नहीं, मैं उस नीली शर्ट वाले आदमी की बात नहीं कर रहा। नींद की मदहोशी कुछ ऐसी थी कि मैं लाइब्रेरी के दरवाज़े को ठीक से बंद करना भूल गया था। हालाँकि , दरवाज़ा मज़बूत था, चोरी का डर नहीं था, मगर झाँकने भर की जगह रह गई थी—ज़रा सी। आने वाले आ जाते पर कोई खास, आया नहीं देखने।

सूरज की रोशनी उसी दरार से भीतर आने की कोशिश कर रही थी। मगर मिला-जुला के भी कितनी ही किरणें आ पातीं। आँख खुली तो उसी छोटी-सी जगह से एक चेहरा दिखा। एक फूलवाला बाहर से झाँकने की कोशिश कर रहा था। उसके चेहरे ने मेरी सिकुड़ी हुई आँखों को खुलने पर मजबूर कर दिया था।

"भइया जी फूल लेंगे?" उसने मेरी आँखों को देख पूछा।

मैं पूरी तरह से नींद से जगा नहीं था। शायद उसे ये प्रतीत हुआ कि मेरे कानों तक कोई आवाज़ नहीं पहुँची। उसने दोबारा झाँकते हुए कहा-

"भइया जी, फूल लेंगे आप?"

"नहीं लेंगे भाई तुम्हारे भइया फूल, जाओ न।" बिरजू ने बाहर से कहा।

बिरजू के कहने पर वो जाने को मुड़ ही चुका था कि मैंने दरवाज़े को तुरंत खोल दिया।

"ए भाई! इधर आओ। और बेटा बिरजू ऐसे मत भगाया करो किसी को भी।"

मेरे वापस बुलाने पर वह बड़ा खुश हुआ। उसने अपने कदम मेरे तरफ बढ़ाए और अपनी टोकरी को दरवाज़े के बगल में रख दिया।

"क्या बात है चाचा, आज फूल खरीद रहे हो?"

"काम करेगा अपना? जा, दो कड़क चाय बना ला।"

"ठीक चाचा, अभी लाया!"

बिरजू मुझे देख, मुस्का रहा था। अब उसको क्या ही समझाता! उसकी टोकरी से कई फूल मुझे झाँक कर देख रहे थे। रंग अलग-अलग थे, पर सब सधे हुए। मैं उसकी टोकरी की खूबसूरती को निहार रहा था।

"क्या-क्या है तेरे पास?"

"सब हैं भइया जी। आप बताइए।"

"तू ही बना दे जो अच्छा लगे।"

"ठीक है भइया जी। हमको थोड़ा समय दीजिए, आपको कुछ बढ़िया सा बना के देते हैं।"

वो फूल चुनने लगा। बड़ी सावधानी से उन्हें जोड़ रहा था। जैसे हर फूल की जगह तय हो। मैं बड़ी दिलचस्पी से उन्हें देख रहा था। इतने में बिरजू चाय ले आया।

"ये लो चाचा! कड़क गरमा-गरम चाय। बुरा न मानना चाचा, फूल किसके लिए?"

"एक ही हैं, हमारीं बेगम। तुम तो जानते हो, बृजेश!"

बृजेश सुनते ही बिरजू के कान खड़े हो गए। होने ही थे, उसका असली नाम मेरे मुह से आज तक न निकला था। मैं जानता था उसके असल नाम को मगर मेरे मुह से कभी बृजेश निकल नहीं। वो काफ़ी सकते में था कि मुझे हुआ क्या लेकिन उसने उस समय पूछने की कोशिश न की। इतनी हिम्मत हुई ही नहीं थी उसकी। सोच में पड़ गया था जाने क्यों?

"लीजिए भइया जी, तैयार है," फूलवाले ने कहा।

गुलदस्ता सच में सुंदर था। एक बार को मैं उसकी खुशी को देख कर खुश था। उसकी सजावट की कला काबिल-ए—तारीफ थी। गुलदस्ते भी सुंदर तभी लगते है, जब उनको उस जुनून से सजाया जाए और उसमें वो जुनून दिख रहा था।

"कितना हुआ इसका?"

"जितना आपकी इच्छा, उतना ही दे दीजिए।"

"अरे, कुछ तो दाम होगा?"

वो मुस्कुराया। "इश्क का क्या दाम, भइया?"

"वाह! बातें अच्छी कर लेते हो। रुको, कुछ रुपये ले कर आता हूँ।"

मैं पैसे लेने को दराज़ की तरफ गया और पैसे निकालने लगा तो मेरी बेगम मुस्कुराई। उस दिन न बड़ी खुश लग रही थी। लग रहा था जैसे फूलों को वही खुशबू दे रही हो। मुझे देख के शायद मुस्कुरा रही थी। मैंने दराज़ से पाँच सौ का नोट निकाला और फूलवाले के हाथ में रख दिया।

"इतने नहीं बनते," उसने कहा।

"रख ले। मन खुश हुआ है आज।"

"पर भइया जी!"

"रख ले न यार, मना मत कर, दिल बुरा मन जाएगा!"

मेरी ज़िद ने उसे पैसे लेने पर मजबूर कर दिया। वो गुलदस्ता मैंने उसके हाथों से लिया और अपनी बेगम को थमा दिया। किसी ने क्या खूब ही कहा है- इश्क कीजिए और समझिए ज़िंदगी क्या चीज़ है।

"चाचा, चाय ठंडी हो जाएगी!" बिरजू ने आवाज़ दी।

"आया बेटा, ठहर जा दो मिनट!"

मैं उस दिन फूल खरीद कर खुश था। वो मुझे न जाने क्या कुछ नहीं याद दिलाता था और शायद वो फूल भी मेरे बेगम के पास जा कर खुश थे कि किसी के इश्क के काम तो आए। इश्क काम नहीं होता मगर जो इश्क के काम आता है वो काफ़ी खुश नसीब होता है।

मैं बाहर आया।

"गुलदस्ते से लगाव हो गया क्या?" उसने छेड़ा।

"लगाव फूल से नहीं, इश्क से होता है। चाय ठंडी हो जाए तो चल जाता है, इश्क ठंडा हो जाए तो मुश्किल है, क्यों?"। ये कह कर हम दोनों ज़ोरों से हसने लगे। हस्ते भी क्यूँ न इन ठंडी बातों पर बताओ।

"बात तो सही कहीं है चाचा और क्या कही है हैं!"

"कुछ गाना सुना दे," मैंने कहा।

"अभी लो चाचा!"

गाने सुनना शौक था मेरी और मेरी बेगम का। बिरजू ने तुरंत ही रेडियो अपनी अंदर वाली टोकरी से निकाला और चालू कर दिया।

"आप लोगों की फरमाइश पर अगला गीत आज मौसम बड़ा बेईमान है बजा रहा हूँ। आप लोग सुनिए और हम मिलते है एक ब्रेक के बाद,"

रेडियो की आवाज़ में ज़रा खराश थी। बड़ा ही शोर कर रहा था वो। हालाँकि, जाकी की आवाज़ काफी हद तक ठीक थी। मुझे हमेशा शोर की आवाज़ अच्छी नहीं लगी। पर ये शोर मुझे भा रहा था।

"बंद कर दूँ क्या?"

"नहीं यार बिरजू, रहने दे! काफी समय बाद आज गाने सुनने का मन हुआ है और बज भी रहा है रफ़ी साहब का, शोर का क्या है ठीक हो जाएगा!"

"ठीक चाचा, सुन लो गाने तुम!"

मैं रेडियो से निकले गाने गुन-गुनाने लगा और बिरजू अपने-आप में बर्तन धोने लगा। मैं लाइब्रेरी के बाहर वाले बेंच पर बैठ गाने गुन-गुनाते हुए आते जाते लोगों को देख रहा था और वो शायद मुझे या अपने आने वाली ट्रेन को। बेंच मेरी तरह बहुत पुरानी हो गई थी। लग रहा था दो बुज़ुर्ग एक दूसरे से बातें कर रहें हैं कि क्या ही गाते हैं रफ़ी साहब!

अब दो बड़े मिल कर बैठे ही थे तो उस दिन अच्छा लग रहा था। इतनी देर मैं बेंच पर बैठे आते-जाते लोगों को गिन रहा था। आदत से मजबूर जो था। मेरी बेगम कहा करती थी की मैं अपनी वही ज़िंदगी रोज़ जीता था। ग़लत तो नहीं कहती थी। चाय का ग्लास खाली कर के मैंने बिरजू के हवाले कर दिया। मैं न जाने किस शिकस्त से निकल था उस दिन। यूँ ही बैठे मुझे एक रेल्वे के सफाई कर्मचारी

ने बेंच से उठने को कहा और जब वो साफ कर के हटा, तो कुछ कबूतर आ कर उस बेंच के सामने बैठ गए। मैंने उनके गुटर गू में किसी के उदास होने की आवाज सुनी। और मैं सुनता ही रह गया था। इतने में स्टेशन धीरे-धीरे भरने लगा और दोपहर होने लगी।

"बिरजू, आज दस-बारह नहीं आए," मैंने कहा।

मैं आते-जाते लोगों में जो नहीं आए उन्हें गिन रहा था। कहा ही था मैंने, आदतन मजबूर हूँ मैं। बिरजू ने हस्ते हुए मुझे देखा।

"क्या चाचा आप भी! आदतें नहीं जाएंगी आपकी, जो नहीं आया उसको गिन कर क्या करोगे? जो आया उसकी क़द्र किया करो।" मैंने हल्की मुस्कान से सिर हिलाया।

"जो नहीं आए, उनकी कोई क़द्र नहीं?"

"आपसे नहीं जीत सकता," वो हँस दिया।

"जीतने की बात नहीं यार! दोनों तरफ से देख, हर सिक्के के दो पहलू होते हैं,"

"बात तो सही है चाचा आपकी!"

बिरजू सहमत था मेरी बात से। यह तो हर बार की बात थी। बिरजू हमेशा मुझसे सहमत था। मगर सहमत शायद वो लोग नहीं थे, जो नहीं आते थे या शायद इसलिए क्योंकि सहमति के लिए मुझे जानना जरूरी था और हर किसी के

पास एक दूसरे को जानने के लिए समय, आज कल के दौर में बचा नहीं था। बच गया था तो केवल लोगों का एक दूसरे को देख अंदाज़ा लगाना की वह व्यक्ति कैसा होगा और अनुमान लगाने में इंसान, हर बार सफल नहीं होता।

वो दोपहर कुछ ज़्यादा साफ़ थी। हाँ, साफ थी। शायद किसी अच्छे दिल की तरह सफेद और साफ। उस ही दिल के तरह जैसे एक पाँचवी क्लास के बच्चे का होता है जो कभी भी मासूमियत को अपने अंदर से निकालने की कोशिश न करके भी निकाल सकता था। ऐसी दोपहर जिसमें धूप अपना काम कर चुकी होती है और बस टिकी रहती है।

मेरी रूह को उस पर काफ़ी भरोसा था, क्योंकि मौजूद रहने वाले चुभते नहीं है। इस धूप भरी दोपहर की तरह जो न चुभती है और न सहलाती है। स्टेशन पर लोग आ-जा रहे थे, पर किसी की चाल में सुबह वाली जल्दी नहीं थी। जैसे सबको पता हो कि आज का दिन आधे रास्ते पर आकर रुक गया है। सब धीमे से हो गए थे।

प्लेटफ़ॉर्म की ज़मीन गरम थी, पर उस गरमी में थकान नहीं थी—बस एक स्वीकार करनी की क्षमता थी। वो भी, इस दिन को कुछ जी कर स्वीकार कर रही थी। बहुत बड़ी बात होती है स्वीकार करना। आज कल तो लोग मुकरने समय एक पल नहीं सोचते। मैं लाइब्रेरी के दरवाज़े के पास खड़ा किताबों को सीधा कर रहा था।

कौन-सी किताब तिरछी थी और कौन-सी सीधी, इससे ज़्यादा मुझे ये जानने की ज़रूरत थी कि मैं खुद कहाँ झुका हुआ हूँ। किताबों को सीधा करना अक्सर अपने आप को टालने का सबसे आसान तरीका होता है। और मैं यूँ ही खुद को टाल रहा था। ऐसे हाथ व्यस्त रहते हैं, मन नहीं। मन अलग ही दिशा में कुछ अलग दुनिया के बारे में सोच रहा होता है न जाने क्यों!

इतने में मैंने देखा की वो नीली शर्ट वाला आदमी लाइब्रेरी की ओर वापसी करने की कोशिश कर रहा था। मगर जिस चीज़ से मैं उसे पहचानता था वो गायब थी। उसकी नीली शर्ट। इस बार वो अपनी शर्ट में नहीं था। शायद भूल आया था। अब मैं उस नीले शर्ट वाले आदमी को क्या बुलाता इस बात की उलझन भी थी मन में, पर मैंने इसे उस समय उतना जरूरी नहीं समझा।

सफेद कुर्ता पहने था उसने। सादा और सिलवटों वाला कुर्ता। जैसे अलमारी से बिना कुछ सोचे निकाला गया हो। सिलवटें शायद कुछ कहना चाह रहीं थीं मुझसे पर मैं उस समय समझने की समझ नहीं रखता था। मैं कई बारी नासमझी को अपने बदन से ओढ़ लिया करता हूँ। ये उन में से एक वक़्त था। खैर, वो कुर्ता कुछ ऐसा सफेद था, जिसे धोकर चमकाया नहीं गया था—बस पहना गया था। जैसे कोई रंग नहीं, कोई बहाना ढूँढ कर पहना हो उसे— उस कुर्ते को। वो आदमी लगभग वैसे ही था। वही चाल थी—न तेज़, न धीमी। वही ठहराव, जैसे हर कदम से पहले ज़मीन से पूछ रहा हो कि आगे बढ़ना ठीक है या नहीं। लग रहा था जैसे कहीं जला हो, तभी इतने एहतियात से चल रहा था। पर अब आँखों में कुछ और था। जैसे रात ने कुछ छोड़ दिया हो उसके भीतर, और वो उसे समेट कर चला आ रहा हो।

पिछली बार की तरह, वो लाइब्रेरी के बाहर रुका नहीं। उसे देखा तो वो कहीं खोया हुआ था। ऐसा खोया हुआ था कि उसे मैं कुछ न बोल पाया न ही बोलना चाहता था। आदत नहीं थी किसी को टोकने की इस तरह। वो अंदर आ रहा था लेकिन मैंने कुछ कहा नहीं उसे। अपना सा लग रहा था और कोई आए, तो मुझे भी बाकियों को गिनने से फुरसत मिले। नहीं तो मैं और मेरा यार वहीं बैठे आते जातों को देखते रह जाए। हाँ! मेरे वही दो यार, बिरजू और वो बेंच। तीसरा शायद ये आदमी बनने की चाह कर रहा था। सच कहूँ तो मुझे लगता था कुछ मुलाक़ातें आवाज़ नहीं माँगतीं

और मुझे काफी समय बाद ये लगा की सच बात ही तो है ये। यूँ तो आवाज़ कई बार मिलने को हल्का कर देती है, पर क्या हर मिलन हल्का होना चाहिए?

सोचने की बात है कि मुझे इस जिंदगी के सफर में आज तक कभी इसका जवाब नहीं मिला। उसने घुसते के साथ ही अपनी नज़रों को चारों तरफ घुमा लिया—किताबें, कुर्सियाँ और वो कोने वाला दराज़ उसकी नज़रों में थे। जैसे सब कुछ जाँचना ज़रूरी हो, ये पक्का करने के लिए कि कुछ बदला नहीं। लोग अक्सर जगहों से नहीं डरते, बदलाव से डरते हैं और यही इंसान की सबसे बुरी चीज़ और सबसे अच्छी चीज़ है। उसे शायद राहत मिली होगी ये देखकर कि लाइब्रेरी वैसी ही थी—कल जैसी। सब चीज़ें पहले जैसी ही थी और उस आदमी के भाव भी। मैं उसके भावों को पहचान रहा था और वो मेरी लाइब्रेरी को। फिर उसने मुझे देखा। देखा तो परखने की नज़र से था शायद मगर मुझे कुछ ग़लत नहीं लगा तो मैं क्या ही कहता बताओ अब।

“आप आज भी यहीं हैं,” उसने कहा।

ये सवाल नहीं था। ये बस बोलने की बात थी या फिर मान लेने की। तो मैंने समझ के उस बात को मान लेने की कोशिश की।

“हाँ,” मैंने कहा।

क्योंकि आज झूठ बोलने की ज़रूरत नहीं थी। सच यूँ ही निकल रहा था। कुछ दिनों में सच अपने आप ही सबसे

आसान जवाब बन जाता है और आसानी मुझे पसंद आने लगी थी। अब मैं पसंदीदा चीजों को थोड़ी भूल सकता हूँ। उसने मुझसे एक कोना ढूँढवा लिया था। मैं यूँ तो किसी के काम नहीं करता। मगर इसने मुझसे कोना ढूँढवा ही लिया क्योंकि ये मेरे लिए शायद काम नहीं था। मेरी लाइब्रेरी के नज़ारे लेते हुए वो एक कुर्सी के पास खड़ा रहा। बैठा नहीं। जैसे बैठने के लिए उसे अपने आप से इजाज़त लेनी बाकी हो।

फिर बोला, "माफ करिएगा! मैं कल यूँ ही बिना बताए चला गया था।"

"मैंने देखा, और माफी मांगने की ज़रूरत नहीं!," मैंने कहा।

जबकि मैंने कुछ नहीं देखा था। पर कुछ झूठ ऐसे होते हैं जो सामने वाले को झूठ नहीं लगते। वो आदमी मुझे देख कर कुछ बताने की कोशिश में था पर उसने मुह खोलने की कोशिश नहीं की। उसने हल्का सा सिर हिलाया। जैसे मेरे झूठ को भी रख लेने को तैयार हो। झूठी उम्मीद का आदी था शायद। जैसे उसे भी पता हो कि हर सच बोलना ज़रूरी नहीं होता।

"आज सफेद पहन लिया," उसने खुद से कहा, "नीला कल बहुत भारी लग रहा था।"

मुझे तो कुर्ते से ज्यादा उसके ख़याल भारी लग रहे थे। न जाने क्या सोचता था वो! उसके कहने से मैं इतना तो

समझ गया कि कुछ रंग बोझ बन जाते हैं। वो रंग नहीं होते, यादें होते हैं। और कुछ यादें कंधों पर नहीं टिकतीं, सीने पर बैठ जाती हैं। बिरजू बाहर झाड़ू लगा रहा था। उसके झाड़ू की आवाज़ भीतर तक आ रही थी। वो आवाज़ किसी गिनती जैसी थी—एक, दो, तीन—जैसे कोई दिन पूरे कर रहा हो। झाड़ू की हर लकीर के साथ ज़मीन साफ़ होती जा रही थी, पर मन का मैल यूँ ही नहीं जाता। मन का मैल जाने के लिए दिल की सुन्नी पड़ती है या फिर लोगों की भी शायद।

“आप रात को यहीं थे?” उसने पूछा।

मैंने हाँ में सिर हिलाया। न जाने उसे कैसे आभास हुआ की मैं पिछली रात को यहीं घोड़े बेच कर सो रहा था।

“कुछ लोग रात में बेहतर रहते हैं,” मैंने कहा।

“दिन सवाल ज़्यादा पूछता है।”

वो मुस्कुराया। इस बार ज़रा खुलकर।

“आप भी अजीब बातें करते हैं।”

“अजीब लोग ही यहाँ रुकते हैं,” मैंने कहा।

उसने पहली बार कुर्सी पर बैठने की कोशिश की। पूरी तरह नहीं—बस जैसे आधा बैठने की कोशिश। कुर्ते की आस्तीन ज़रा ऊपर खिसक गई। उसकी कलाई दिखी। पतली। जैसे समय ने बहुत कसकर पकड़ा हुआ हो उसे। बूढ़े तो हम

दोनों ही थे। कुछ लोग उम्र से नहीं, पकड़ से बूढ़े लगते हैं। वो उनमें से एक था।

"मैं कल लौटकर आया, पर आप गहरी नींद ले रहे थे तो मैं दरवाज़े से ही रवाना हो गया था।" उसने कहा।

"कहाँ से लौटे?" मैंने पूछा।

उसने थोड़ी देर सोचा। वो सोच बाहर की नहीं थी, भीतर की थी। फिर बोला, "वहीं से, जहाँ जाना चाहिए था मगर मैं गया नहीं था।"

मैंने और नहीं पूछा। कुछ जगहों के नाम नहीं होते। बस एहसास होते हैं। कुछ देर हम दोनों चुप रहे। फिर मैंने उसकी तरफ देखा और कुछ हिम्मत करके कहा— "कहाँ गए थे?"

उसने मेरी तरफ बताने के लिए देखा मगर रुक गया। "बता सकते हो, मन हल्का लगेगा बता कर! वैसे भी मैं कुछ नहीं कहूँगा तुम्हें।"

"नहीं, वैसी कोई बात नहीं है!"

"तो बताओ फिर?"

मैंने अपनी पूरी कोशिश की थी की वो हिम्मत करके अपनी बात मेरे सामने रखे। उसने कुछ समय अपना मन मनाया और मेरी आँखों में देख कर कहा-

"मैं यहाँ से निकलने के बाद उससे मिलने गया था,"

"तो फिर? मिली?" मैंने उससे पूछा।

उसके चेहरे के भाव ऐसे मिट रहे थे जैसे कोई शिक्षक ब्लैक्बोर्ड से शब्द मिटा रहा हो। मुझे उसका ये बिना भाव वाला चेहरा ज़रा भी ठीक नहीं लग रहा था मगर क्या करता कुछ बोल थोड़ी सकता था। बातें बरक़रार रखने के लिए मैंने उससे फिर पूछने की कोशिश की-

"मिली तुम्हें वो?"

माहौल में थोड़ी गर्माहट सी आ गई थी और उसकी आँखों में नमी सी थी। मैंने एक ज़िम्मेदार इंसान और अब उसके करीबी होने के नाते, उसके पतले हाथों को पकड़ा और उसकी नमी को पहचानने की कोशिश की। सांसें तेज़ चल रहीं थीं उसकी। और अब उसके आँसुओं की रफ्तार भी तेज़ थी।

"मर्द रोते नहीं अच्छे लगते छोटे!"

इतने में मैंने बिरजू को पानी लाने के लिए आवाज़ लगाई और वो फटाफट पानी ले आया।

"लो पानी पी लो!"

उसके आँसू रुक ही न रहे थे। बाकायदा पानी पीने के बाद भी वो रो रहा था। उसने मेरी सहानुभूति का भी जवाब नहीं दिया और शायद मैं उसका जवाब ढूंढ भी न रहा था। बिरजू

ने मुझे इशारे से पूछा की इन जनाब को हुआ क्या है और ये हैं कौन। मैंने उसे उस वक़्त जाने का इशारा किया।

“बिरजू दो चाय भी लेते आइओ” मैंने उसे कहा।

“कितनी चाय पियोगे चाचा, हैं!”

“तू चुप-चाप चाय ला न भई!”

अब उस चुप्पी में मैं न उसे कुछ कहना चाहता था न ही बिरजू को। सच कहूँ तो ज़िंदगी में किसी को मनाने की कोशिश ही नहीं की न ही किसी को चुपाने की, तो मुझे कुछ करने का सुझा नहीं। अब रोती हुई महिला तो देखी थी और उसे चुप कराते हुए भी किसी को देखा था पर कभी कराया नहीं और ये तो एक मर्द रो रहा था इसे कैसे चुप कराता। मेरे मन को पहली बार लगा की किसी को मनाने की ज़रूरत है और किसी चीज़ को करने की ज़रूरत मुझे काफ़ी बरस बाद लगी थी। मेरी रूह ने शायद मुझे अंदर से आवाज़ लगाई की इसे तो मना ले। इतने कुछ में ही शाम होने को आई थी और हम में वापस कुछ चुप्पी सी छा गई थी। इस चुप्पी को दूर करने के लिए मैंने बिरजू को चाय के लिए पूछने का सोचा। कहीं भुलक्कड़ राम भूल तो नहीं गया की हम दोनो को चाय भी देनी थी।

“बिरजू! हम दोनो की चाय गटक गया क्या?”

“नहीं चाचा! आ रिया हूँ!”

उसकी आवाज आते के साथ ही वो दरवाज़े से अंदर घुसा। इस बार दोनो साथ थे। नहीं तो उसकी आवाज़ उससे पहले घुसती थी दरवाज़े से।

“दो क्यों चाचा! तीन चाय लो, मैं नहीं पियूँगा क्या, हैं!”

“तू भी पी ले मेरे बिरजू! मगर गमछा तो साइड रख दे।”

बिरजू ने गमछे को शेल्फ के कोने पर लगी कांटी पर ऐसे सजा दिया जैसे अपना बिरजू पिकासो से कम आर्टिस्ट न हो।

“अरे चाचा! ये किताबों के आखरी पन्ने मुड़े हुए हैं, आपके पाठक ढंग से नहीं रखते किताबों को क्या, हैं?”

उसके इस सवाल से माहौल में गर्माहट वापस आ गई थी। मैं इसका जवाब शायद उसके देना नहीं चाहता था इसलिए मैंने टालने की पूरी कोशिश की थी।

“छोड़ न यार बिरजू! और मेरे पाठकों को कुछ मत बोल!”

“ठीक चाचा! नहीं बोलता।”

हमारा ध्यान हमारी बातों पर था और हमने ध्यान न दिया की वो आदमी अब चुप था। हमारी बातें बस यूँ ही रुक गईं थी। बिरजू ने मुझे इशारे से पूछा की उस आदमी को क्या हुआ तो मैंने न जानने का इशारा कर दिया। इन इशारों के समय में, वो आदमी सारीं शेफल्स को बड़े ध्यान से देख

रहा था जैसे कुछ टालने की कोशिश कर रहा हो। दुनिया को इंतज़ार था उस आदमी के बोलने का।

“तुम्हें बताने में कोई कष्ट है तो, कोई बात नहीं, मत बताओ!”

“नहीं, बस थोड़ा अजीब सा लग रहा था मगर आप भले इंसान लगते हैं इसलिए मैं आपको बताना चाहूँगा!”

इतने में बिरजू अपना चाय का कप ले कर उठ गया और जाने लगा। उस आदमी को शायद अच्छा नहीं लगा की क्या, मुझे नहीं पता मगर उसने बिरजू को रोका-

“आप भी बैठ कर सुन सकते हैं, मुझे कोई तकलीफ़ नहीं है,”

ये सुनते ही बिरजू अपने स्थान पर वापस बैठ गया और चाय की एक चुस्की ली।

“वो तो वहीं थी मैं ही नहीं गया था इतने समय से।”

“वहाँ क—” मैंने बिरजू का हाथ पकड़ लिया और वो चुप हो गया।

“इन्हें रोकिए मत, पूछने दीजिए! चिंता मत कीजिए मैं कुछ नहीं कहूँगा,”

“मैं पूछ रहा था की वो वहाँ कहाँ थी?” बिरजू ने उसे पूछा।

उसने एक लंबी गहरी सांस ली और कहा—

“मैं शुरू से शुरू करता हूँ!”

मैं आर बिरजू उसकी इस शुरुआत को सुनने के लिए तैयार थे मगर शायद उस अंत से डर रहे थे जिसने उसकी ये हालत कर दी थी। मैं इस अंत से न जाने क्यों वाकिफ़ लग रहा था। मगर बिना कुछ सुने-कहे मैं भी कैसे जानता की इस आदमी का अंत था क्या? ऐसा अंत जो इस आदमी को इतना रुला रही थी। मैं काफी सोच में पड़ गया था और बिरजू न जाने किस असमंजस में था की वो बोलने क्या वाला था।

“करीब पाँच साल पहले, मैं एक कुँवारा था! यहाँ पास के ही काल सेंटर में काम करता था,”

“शादी से सख़्त नफरत थी मुझे, लगता था कौन इस क़ैद में ज़िंदगी भर रहना चाहेगा? मेरे घर वाले मुझे छत्तीसों रिश्ते दिखा चुके थे, मगर मैं दिलचस्पी दिखाता ही नहीं था, वे क्या करते! मेरी माँ तो इतना तक कह चुकी थी कि कोई पसंद है तो बता दे हमे वो भी चलेगी मगर मैं एक ढीठ की तरह कुछ बोलता ही न था,”

“यूँ ही मैं थक कर काल सेंटर से घर गया और मेरी माँ रोज़ की तरह कुछ लड़कियों की फोटो ले कर खाने में थाली के साथ रख चुकी थी मगर उस दिन न जाने मेरे मन में क्या ख्याल आया कि मैंने किसी एक लड़की की फोटो पर हाथ रखा और हामी भर दी,”

“यूँ ही?” बिरजू ने पूछा।

“हाँ भइया, यूँ ही, मैं रोज़-रोज़ चुनने की प्रक्रिया से बोर हो गया था शायद, तो मैंने हामी भर दी। मेरी माँ और मेरे बाउजी बड़े खुश थे उस दिन कि आख़िरकार मैंने लड़की चुन ही ली। राहत की साँस ली थी मेरी माँ ने उस दिन,”

“और बात ये थी कि मैं अगली सुबह तक भूल चुका था कि मेरी शादी की बात चल रही थी और मैंने हामी भी भर दी थी, मुझे लगा कि जिस आदमी को शादी से इतनी नफ़रत थी वो क्यों ही हामी भरेगा ऐसी चीज़ के लिए,”

मैं और बिरजू वहाँ बैठे बस उसे सुन रहे थे और जैसे वो हामी भर रहा था, हम भी भर रहे थे। "फिर उस दिन सुबह आ कर माँ ने मुझ से बिना पूछे शादी की तैयारियां शुरू कर दीं, मतलब पूछा तो था मगर मुझे याद नहीं था। उस दिन माँ ने मुझसे कहा थी की 'तू ऑफिस से छुट्टी ले ले तुझे देखने आने वाले हैं वो लोग', अब मैं माँ से झगड़ रहा था की मैंने गलती से हाँ कर दी मैं तैयार नहीं हूँ। मगर माँ तो माँ होती है, मान ही नहीं रही थी और न ही मेरे बाउजी कुछ सुनना चाहते थे। उन्हें तो बस एक मौका चाहिए था और वो उन्हें मिल चुका था,"

"मेरे पास रुकने के अलावा कोई विकल्प बचा नहीं था। जाता तो उस लड़की के परिवार वालों को मना भी कैसे करता? मुझे पहली बार लगा कि मेरी ज़िंदगी मेरे बिना तय हो रही है!"

वो कुछ पल चुप रहा। शायद उस वाक्य को खुद सुन रहा था और खुद को समझ कर समझा रहा था। "उस दिन वो लोग आए। मैं कमरे के कोने में बैठा था। जैसे मेहमान वो नहीं, मैं हूँ। माँ बार-बार मेरे कंधे पर हाथ रख रही थी, जैसे मैं कहीं उठकर भाग न जाऊँ। मैं इतना घबराया हुआ था कि मेरे मन में भागने का ख्याल कब आया और कब गया मुझे अपने एहसास न हुआ। मन में अजीब सी चीज़ें आ रहीं थी कि खिड़की से कूदूँगा तो किस हद तक बचूँगा या फिर चलते रिश्ते के मीटिंग से भागूँ तो किस हद तक बचूँगा?"

मुझे और बिरजू को देख कर वो हल्की हल्की मुस्कुराहटें दे रहा था, इन बातों पर और हम उसके चेहरे से टपकते पुराने आँसुओं को देख रहे थे कि यही आदमी अभी कुछ देर पहले तक आँसुओं का सहारा ले रहा था और अब खुद के किस्सों का। "वो अंदर आई। चाय की ट्रे लेकर। सफेद सूट पहना था उसने। न ज़्यादा सजा था, न बिल्कुल सादा। जैसे किसी ने कहा हो—जाओ, बस जैसी हो वैसे ही रहना।" उसने यह कह कर अपने सफेद कुर्ते को हाथ लगाया, मुस्कुराया और नीचे देखा। उसके साथ बिरजू भी हल्का सा मुस्का दिया। मगर मैं चुप था। "उसने पहली बार को मेरी तरफ देखा ही नहीं। पहले मेरी माँ को देखा। फिर बाउजी को। फिर ट्रे नीचे रख दी। कप हल्का सा काँपा था उसके हाथ में। मगर शायद मेरा हाथ ज़्यादा काँप रहा था।"

वो हल्की साँस लेकर बोला—

"फिर वही हुआ जो होना था। सबने वही सवाल पूछे। खाना बनाना आता है? पढ़ाई कितनी है? नौकरी करेगी या नहीं? मैं सोच रहा था—किसी ने ये क्यों नहीं पूछा कि ये हँसती कैसी है?"

उसने अपनी आँखों को झुकाए ही रखा और नीची निगाहों से बोलना जारी रखा। "जब सब बाहर चले गए, हमें पाँच मिनट अकेला छोड़ दिया गया। मैं पहली बार उसके सामने ठीक से बैठा। मगर मेरे हाथ काँपने से हट ही नहीं रहे थे,"। स्टेशन पर एक ट्रेन की सीटी दूर से आई और हमने

देखा हम तीनों के चाय के कप खाली हो गए थे। तो मैंने बिरजू को आँखों से और चाय लाने को कहा। उसको शायद वहाँ से उठने का मन न था तो वह केतली वहीं रखे बैठा था। उसने केतली उठाई और भर डाले तीनों कप वापस से। बातों में नींद न आए इसलिए चाय ज़रूरी थी।

"मैंने उससे पूछा—आपको ये शादी मंज़ूर है?"

"उसकी तरफ से कोई सीधा जवाब नहीं आया। उसने पूछा—आपको?"

"मैंने कहा—'मुझे तो अभी तक यक़ीन नहीं हो रहा कि मैं यहाँ बैठा हूँ।' इस बात पर वो हल्का सा हँस दी। बहुत हल्का। जैसे खुद के कान में फूस-फुसा रही हो,"

"उसने कहा—मुझे भी। न जाने क्यों मैंने इस शादी को हाँ कही मुझे उस समय कुछ नहीं बुझा,"

वो फिर चुप हो गया। मैंने देखा—उसकी उँगलियाँ अब भी शर्ट का किनारा पकड़ रही थीं। "बस फिर, शादी हो गई। बहुत शोर नहीं था। बस रस्में थीं। लोग थे। और मैं था—जो अब भी समझ नहीं पा रहा था कि क्या बदल गया है। सब घर पर काफ़ी खुश थे और मैं असमंजस में घूमता फिर रहा था,"

"पहली रात..."। वो कुछ देर रुका। "हम दोनों ने ज़्यादा बात नहीं की। वो खिड़की के पास बैठी रही और मैं नीचे

ज़मीन पर। मैंने पूछा—'डर लग रहा है?'। उसने कहा—'नहीं, बस नई जगह है.. मेरे लिए,'"

"मैंने तब सोचा था कि नई चीज़ तो मेरे लिए भी है, ये जगह और ज़िंदगी, उसके साथ।"

"कुछ दिनों बाद मुझे आदत हो गई उसकी मौजूदगी की। वो सुबह जल्दी उठती थी। रसोई में बर्तन की आवाज़ से मेरी नींद खुलती थी। पहले वो आवाज़ मुझे परेशान करती थी और अगर वही आवाज़ कभी न आती तो अजीब लगता। ये बात मुझे काफी परेशान करती थी कि कोई कैसे यूँ अचानक से आ सकता है और जा भी सकता है!"

उसने यह कहते हुए मेरी तरफ नहीं देखा। जैसे यह बात मुझसे नहीं, खुद से कह रहा हो। "शादी के बाद शुरू के कुछ हफ़्ते अजीब थे। मैं उसे देखता था तो लगता था जैसे मेरे कमरे में कोई मेहमान रह रहा है। लेकिन मैं उस मेहमान से उसका कमरा नहीं छीनना चाहता था। वो हर चीज़ सहेज कर रखती थी—मेरी किताबें, मेरे जूते, मेरी घड़ी तक। पहले मैं अपनी चीज़ें जहाँ गिरती थीं वहीं छोड़ देता था। अब वो सब अपनी जगह पर मिलती थीं। और मुझे गुस्सा आता था। समझ नहीं आता था क्यों। शायद इसलिए कि मेरी बिखरी हुई दुनिया में कोई व्यवस्था ला रहा था... और मुझे बिखरा रहना आसान लगता था। मेरे लिए काफ़ी मुश्किल सा था ये मानना की मेरी शादी अब हो चुकी थी। मगर मानना तो पड़ता।"

बिरजू ने धीरे से “हूँ...” किया। वो बीच में बोलना नहीं चाहता था। मगर हम इतनी चुप्पी में रह नहीं सकते थे। “वो बहुत ज़्यादा बोलती भी नहीं थी। शायद कभी कोशिश ही नहीं की उसने। बस पूछती थी—खाना खा लिया? देर तो नहीं होगी? छुट्टी कब लोगे? और मैं हर सवाल का जवाब ‘हाँ’, ‘नहीं’, ‘देखते हैं’ में दे देता था। जैसे पूरा वाक्य देना मेरे बस में न हो। हमारे बीच बात करने को था भी कहाँ कुछ। ज़्यादा से ज्यादा एक दूसरे की शकलें ही देखते थे हम,”। उसने चाय का कप उठाया, पर पिया नहीं। इसलिए नहीं कि चाय ठंडी होने को आई थी। मगर इसलिए क्योंकि भावनाए शायद से ठंडी हों रहीं थीं।

“एक दिन मैं ऑफिस से बहुत देर से लौटा। अब कॉल सेंटर की नौकरी थी, रात की शिफ्टें, अजीब बातें करने वाले कस्टमर और मेरा खड़ूस बॉस मुझे हिलने ही नहीं देते थे। मैं पहले ही चिढ़ा हुआ था। घर आया तो देखा—वो जाग रही थी। खाने की थाली ढकी हुई रखी थी। मैंने पूछा—‘सोई नहीं अभी तक?’ उसने कहा—‘सोच रही थी साथ खाएँगे।’ वो पहली बार था जब उसने इतना बोलने की कोशिश भी की थी। उस कोशिश को मैंने बहुत तवज्जो नहीं दी,”

वो हल्का सा हँसा। हँसी में दर्द साफ़ था। हम दोनो के मुह से कुछ न निकला और न ही हमने उसकी पत्नी की तरह कोशिश की थी। कोशिशों में दर्द का साया जो छाया नज़र आ रहा था हमें। कहने को कुछ बचा नहीं था अब। “मैंने

कहा—'बच्चों जैसी बातें मत किया करो।' बस इतना। उसने कुछ नहीं कहा। बस थाली सामने रख दी। उस रात उसने खुद खाना नहीं खाया। मुझे अगले दिन पता चला माँ से।" उसकी उँगलियाँ अब भी स्थिर न थीं और लग रहा था कि जैसे उसके दिल की धड़कने बढ़ती ही जा रहीं थी। "धीरे-धीरे मुझे उसकी आदत हो गई थी। वो मेरी शर्ट प्रेस कर देती, मेरा बैग तैयार रखती, और हर रविवार कहती—'चलो कहीं बाहर चलते हैं।' और मैं हर बार कहता—'थका हूँ।' मैंने कभी उस पे इतना ध्यान देना नहीं चाहा,"। स्टेशन पर एक और घोषणा हुई। हम तीनों चुप हो गए थे। हम दोनों के पास लगभग बोल खतम हो गए थे। अगर वो अचानक से चुप हो कर कुछ पूछ लेता तो हम न जाने शब्द कहाँ से लाते।

"एक बार उसने ज़िद की। बोली—'बस छत पर ही चलो।' मुझे याद है वो दिन। हल्की हवा थी। उसने आसमान देख कर कहा—'आपको पता है, मैं बचपन में छत पर सोती थी। मुझे खुले आसमान से डर नहीं लगता।' मैंने कहा—'मुझे लगता है।' उसने पूछा—'किससे?' मैं जवाब नहीं दे पाया।"

वो रुक गया। उस किस्से में भी और असल में भी। वो शायद उसकी पत्नी के सवाल में कुछ सोचते-सोचते कहीं गुम हो गया था। उस किस्से में भी और असल में भी। "असल में मुझे खोने से डर लगता था। मगर मैंने कभी ये

उसे बताया नहीं। मैं हमेशा मज़बूत बनने का नाटक करता रहा। न जानते हुए भी मुझे नाटक करना बड़ी मजबूती से आता था। वो पूछती थी—'आप खुश हैं?' और मैं कहता—'हाँ।' जबकि मैं कभी समझ ही नहीं पाया था कि खुश होना किसे कहते हैं। मैं न शादी से पहले खुश था न अब हूँ। शायद मैं खुश था। वो भी उसके साथ। मगर मुझे कभी एहसास न हुआ।" वो शायद सच कह रहा था क्योंकि सच्चाई को मैं दूर से पहचानता था। बड़ी पक्की दोस्ती थी मेरी उससे। मेरी बेगम ने करवाई थी ये प्यारी दोस्ती। अब ये बताते हुए उसने पहली बार मेरी आँखों में सीधे देखा।

"फिर एक दिन वो बीमार पड़ी। यही कुछ डेड हफ्ते पहले,"

शब्द बहुत साधारण थे, पर उनका वज़न भारी। हम बस उसके शब्दों से अंदाज लगा रहे थे कि आगे हुआ क्या होगा या अंदरूनी अनुभव से। इस बीच बिरजू न जाने कितनी ही दफ़ा हमारी चाय की कपों को भर चुका था। चाय तकरीबन ठंडी सी हो गई थी मगर हमें ज़रा भी फर्क नहीं पड़ रहा था। पड़ता भी कैसे, जितनी ध्यान से हम उसकी बातें सुन रहे थे हमें कौन था बताने वाला कि जनाब चाय को ठंडे हुए अरसा हो गया है। वो केतली भी किसी जादुई केतली से कम नहीं लग रही थी। चाय खतम ही न हो रही थी उसमें से।

"शुरू में सब कुछ मामूली लगा। बुखार, थकान। उसने खुद ही कहा—'कुछ नहीं है।' अब मैं भी मान गया था। शुरुआत

में तो हमने कुछ वैसा नहीं सोचा। मगर जब दो-तीन दिनों तक उसकी तबीयत के बेहतर होने के कोई संकेत नहीं थे तो मैंने डाक्टर साहब को फोन मिलाया। जिस दिन हम उनके पास गए, उन्होंने उसे देख कर जाँच किया और मुझे अलग से बुला कर बताया कि उसके पास काफी वक़्त नहीं बचा था। ईलाज था उस बीमारी का, मगर बचने की कोई गारंटी न थी। अगले दिन रेपर्ट आए तो उसमें से कुछ ऐसा निकला, जिसका नाम सुनकर भी मैं पूरा समझ नहीं पाया। उस समय मैं ये सोच रहा था कि मेरी अंग्रेजी कमज़ोर है या मेरी किस्मत। मैं पहली बार अपनी कमज़ोरी पर सवाल उठा रहा था और उस डाक्टर पे भी।"

उसने गहरी साँस ली। उस साँस से हमें उसके दर्द का अंदाज तो नहीं हो रहा था पर इतना दिख रहा था कि ऐसा कुछ कैसे हुआ। उसकी आँखें अब लाल सी हो लगीं थीं। उन आँखों को शायद जो देखने की चाह थी वो अधूरी रह गई थी। "इलाज शुरू हुआ। दवाइयाँ, अस्पताल, टेस्ट। उसके बाल गिरने लगे। एक दिन वो आईने के सामने खड़ी थी। मैंने पीछे से देखा। वो खुद को देख रही थी जैसे पहचानने की कोशिश कर रही हो। उसने पूछा—'अगर मैं पहले जैसी नहीं रही तो?'"

उसने मेरी तरफ देखा। उसकी आवाज़ भर्रा गई थी। "मुझे कहना चाहिए था—'तुम जैसी भी रहो, मेरी हो।' मगर मैंने

कहा—'फालतू की बातें मत करो।'" बिरजू ने चुपचाप कप नीचे रख दिया।

"वो धीरे-धीरे कम बोलने लगी। पहले जो हर छोटी बात मुझसे पूछती थी, अब चुप रहने लगी। एक रात उसने कहा—'आप मुझसे कुछ कहना चाहते थे न कभी?' मैं चौंक गया। शायद उसने मेरी आँखों में वो बात पढ़ ली थी, जो मैं कभी कह नहीं पाया।"

मैंने धीरे से पूछा, "क्या?"

उसने जवाब देने से पहले बहुत देर ली। "मैं उससे कहना चाहता था कि मैं उससे प्यार करने लगा हूँ। सच में। यूँ ही नहीं। आदत से नहीं। मजबूरी से नहीं। बल्कि इसलिए कि उसके बिना घर, घर नहीं लगता। उसकी आवाज़ के बिना सुबह सुबह नहीं लगती। उसके बिना मेरी ज़िंदगी में जो खालीपन था, वो मुझे खुद से डराने लगा था।"

उसकी आँखें भर आईं। उसका कुर्ता काफी गीला सा हो गया था और उसका दिल रूखा-सूखा सा। उसकी आँखों को देख, मैं भी थोड़ा भावुक था और सब कुछ रुकने की कगार पे था।

"डॉक्टर ने कहा था की अब उसके पास जीने को कम दिन थे। ये बात उसे पता थी मगर उसने मुझे नहीं बताई। उस दिन उसने पहली बार मेरी आँखों में देख कर मुझ से झूठ कहा,"

"कैसा झूठ?" मैंने पूछा।

"कहती, सब कुछ ठीक हो जाएगा,"

मैंने ये सवाल कभी खुद से नहीं पूछा था। क्या सब कुछ ठीक हो जाएगा? मगर उस आदमी के कहने पर मैं कुछ सोच में पड़ गया था। मेरे मन में काफी कुछ प्रवेश किया करता है मगर ऐसा कुछ मैंने कभी सोचा नहीं था। मुझे सोचने में ज़रा सा संकोच हुआ पर मैंने उससे निकलने की पूरी कोशिश में वापस उसकी बातों पर ध्यान भटकाया। मैं उसकी बातों में काफी देर तक लीन था। ऐसे लोगों की कहानी, जो आपको अपना प्रतिबिंब लगें, काफी कम मिलतीं हैं। मैं उसकी बातों से काफी चुप सा हो गया था।

इतनी शांति में कुछ कह न रहा था और बिरजू के ग्राहक आने चालू हो गए थे। मैंने उसे अपनी दुकान संभालने को कहा और वो वापस लग गया। हम दोनो काफी देर तक एक दूसरे के साथ बैठे रहे। काफी सवाल थे हम दोनो के पास मगर पूछने का जिगरा दोनों में नहीं था। देर काफी हुई थी। लेकिन न मैंने उसे निकालने को कहा, न वो निकला। इतना गहरा और जाना हुआ प्रतिबिंब मैंने कुछ क्षणों बाद अपनी आँखों से गायब देखा। वो जा रहा था।

"कहाँ?" मैंने पूछा।

"जा रहा हूँ एक आखरी बार उसको देखने,"

अब धीरे-धीरे समझ आ रहा था की उस सफेद कुर्ते की वजह क्या थी। हमने अपनी नमियाँ और शरीरों को उठा कर एक साथ भर लिया था और दरवाज़े को देख रहे थे। "आप भी चलेंगे?" उसने पूछा। अब इस तरह मैं ना नहीं करना चाहता था। मैं अपनी सारी चीजें समेट कर दरवाज़े को बंद कर, चल पड़ा उसके साथ। वो मुझे आटो से किसी घाट किनारे ले गया। घाट यूँ तो भरे होते हैं मगर आज काफी खाली था। वो मुझे अपनी पत्नी के देह के पास ले गया। वहाँ पर भी कोई मौजूद न था, हम दोनो के सिवा।

"तुमने इसे बचाने की कोशिश नहीं की?"

मेरा ये पूछने का बहुत मन था मगर हिम्मत ही न हुई। सही से देखूँ तो अपने प्यार को बचाने की कोशिश तो सब ही करते है न? मगर अगर किस्मत में ही सबका साथ होना न लिखा हो तो क्या करे। अभी उम्र ही क्या रही होगी उसकी पत्नी की। अब यूँ बचाने की कोशिश तो सब करते है, पर होना तो वही है जो मालिक चाहते हैं, क्यों? सही कहा न?

ऐसे कई संवाद रह जाते है लोगों को मन में जो वो अपनों से कह नहीं पाते। जता नहीं पाते कि वो उनसे कितना प्यार करते और वो दूर चले जाते हैं, ज़िंदगी से या फिर

खुद से और अक्सर असर हम पे रह जाता है। अब सब कोई मिल ही जाएँ तो काहे की ज़िंदगी।

घाट शांति का प्रतीक था और हवाएँ हमें छु कर आगे को लाँग रही थी।

"लकड़ी उठा देंगे?" उसने कहा।

मैंने बगल में पड़ीं लकड़ियों में से एक उठाई और उसे दे दी। उसने आग लगाई और मेरी तरफ, एक बार को देखा, सर को नीचे किया और अपनी आधी मृत ज़िंदगी को आग लगा दी। मैं कुछ समझ न पा रहा था। ये लोग चले क्यों जाते है? कभी ज़िंदगी से तो कभी दुनिया से? रुक नहीं सकते क्या ये? अपने चाहने वाले के लिए या फिर खुद के लिए ही सही? रुकने में कुछ जाता है क्या? मैं भी कैसी बहकी बहकी बातें करता हूँ हैं न, अब ऐसे कोई किसी के लिए क्यों ही रुकेगा।

"तुम आखरी साँस तक साथ थे उसके?" मैंने पूछा।

"हाँ, कोशिश तो की थी पर आखरी साँस तक नहीं था,"

"मतलब?"

"कुछ आखरी इच्छाएँ थी उसकी, कोशिश की थी पूरी करने की,"

"जैसे?"

“काफी सारीं थीं, अब क्या बताऊँ,”

वो मेरी बातों को टालने की पूरी कोशिश कर रहा था। हम दोनो घाट के किनारे पर बैठ कर उसकी पत्नी को आखरी बार जलता हुआ देख रहे थे। अब यूँ तो मैं शब्दों में कुछ कह नहीं सकता अब किसी की ऐसी हालत को शब्द दे दूँ तो क्या खाक रह जाएगी ये हालत। घाट के उस तरफ नाव चल रही थी। आते वक़्त मैंने किसी दीवार पर लिखा देखा था कि ‘चाहे जितना जी लो आना तो यहीं है’।

“काफी कुछ कहना था उससे पर रह गया” उसने कहा।

“तो कहने की नहीं सोची?”

“सोचता कौन नहीं, पर कहना काफी मुश्किल होता है, आप क्या जानोगे?”

उसकी बात सुनकर मैं पहली बार उसे नहीं, खुद को देखने लगा।

मैं ज़रा सा मुस्कुरा दिया। मैंने कम गलतियाँ नहीं की, ज़िंदगी में। मैंने कोन सा किसी को कहना चाहा तो कह दिया। सही तो कहा था उसने, मैं क्या ही जानूँगा। हम एक दूसरे को देख रहे थे।

घाट पर लोगों का आना-जाना शुरू हो गया, पर मेरे भीतर जैसे कोई ठहर गया था। मुझे याद नहीं कि आख़िरी बार मैंने अपनी बेगम की आँखों में कब देखा था। शायद देखा ही नहीं था। और कुछ यादें ऐसी होती हैं जिन्हें हम ढूँढते

नहीं, वो खुद चलकर सामने आ जाती हैं। उसी रात की एक शाम धीरे-धीरे मेरी तरफ लौटने लगी...

फ्लैशबैक

उसकी बात सुनते-सुनते मुझे एक और शाम याद आई। शामें अक्सर एक जैसी लगती हैं, पर बाद में समझ आता है कि कईं शामें अलग होतीं है। उस दिन भी मैं रोज़ की तरह स्टेशन से लौटा था। कॉर्टर का दरवाज़ा आधा खुला था। अंदर हल्की-सी रोशनी थी। वो आँगन में तुलसी को पानी दे रही थी। पानी की पतली धारा मिट्टी में समा रही थी। मैं दरवाज़े पर खड़ा रहा कुछ पल। उसने मुझे देखा, हल्का-सा सिर हिलाया, और फिर पौधे की तरफ देखने लगी। मैंने जूते उतारे और बैग कुर्सी पर रख दिया।

"दिन कैसा रहा?" उसने पूछा नहीं।

यूँ तो वो हमेशा पूछा करती थी मगर उस दिन नहीं पूछा। मुझे भी कुछ कहने की ज़रूरत महसूस नहीं हुई। रसोई में जाते हुए उसने बस इतना कहा, "हाथ धो लो, खाना लगाती हूँ।" मैंने हाथ धोए। आईने में खुद को देखा। चेहरा थका हुआ था, पर सामान्य। मुझे लगा सब सामान्य है। शायद सब सच में सामान्य ही था —बाहर से।

खाना खाते वक़्त उसने अचानक पूछा, "तुम्हें याद है हमारी शादी के बाद पहली बरसात?"। मैंने सोचा। सच कहूँ तो मुझे ठीक-ठीक याद नहीं था। मैंने कहा, "कौन-सी?" वो मुस्कुराई नहीं। बस बोली, "जब बिजली चली गई थी और हम छत पर बैठे थे।"

मुझे धुँधली-सी याद आई। मैंने सिर हिलाया, "हाँ... शायद।" वो कुछ पल चुप रही। फिर बोली, "तब तुम बहुत बोलते

थे।" मैं हँस पड़ा। "अरे, तब नया-नया था सब।" उसने पूछा, "अब पुराना हो गया?"। मैंने कहा, "मतलब समझा करो।" उसने समझ लिया। या शायद समझने की कोशिश छोड़ दी। रिश्ते पुराने कैसे होते हैं भला?

उस दिन उसने ज़िद की कि मैं थोड़ी देर उसके साथ बैठूँ। आँगन में चारपाई डाल दी गई। आसमान साफ़ था। दूर से ट्रेन की आवाज़ आ रही थी। वो मेरे पास बैठी थी, पर हमारे बीच एक हाथ का फ़ासला था। "तुम कभी डरते हो?" उसने पूछा। "किससे?" मैंने कहा। "ऐसे ही... कि एक दिन हम एक-दूसरे को समझना बंद कर देंगे।" मैंने सीधा जवाब दिया, "इतनी फ़ुर्सत नहीं है सोचने की।" वो मेरी तरफ देखती रही। उसकी आँखों में आँसू नहीं थे। बस एक थकान थी, जैसे वो बहुत दिनों से कुछ ढो रही हो। "मैं कभी-कभी सोचती हूँ," उसने धीरे से कहा, "कि अगर मैं चुप हो जाऊँ तो तुम्हें पता चलेगा?"

मैंने झुँझलाकर कहा, "तुम चुप कब रहती हो?"

वो सचमुच चुप हो गई। उस रात वो बहुत देर तक बाहर बैठी रही। मैं भीतर चला गया। रजिस्टर खोल लिया। हिसाब लिखने लगा। पन्नों पर अंकों की सीध देखता रहा। बाहर से उसके कदमों की हल्की आहट आती रही। फिर वो भी बंद हो गई। अगले कुछ दिनों में मैंने नोटिस किया कि वो कम बोलने लगी है। पहले वो मेरे कपड़े तह करते हुए कुछ न कुछ कहती रहती थी—पड़ोस की बात, सब्ज़ी वाले की

बात, या बस यूँ ही। अब वो कपड़े तह करती थी और खिड़की से बाहर देखती रहती थी।

एक दिन मैंने पूछा, "तबीयत तो ठीक है?"

उसने तुरंत कहा, "हाँ।"

"फिर चुप क्यों रहती हो?"

उसने हल्का-सा कंधा उचकाया। "तुम्हें तो शांति पसंद है।"

मैंने कहा, "हाँ, शांति बुरी नहीं होती।"

वो मुस्कुराई। "नहीं। बुरी नहीं होती।"

उस दिन मुझे लगा मैंने सही बात कही है। घर में कोई झगड़ा नहीं था। आवाज़ें नहीं थीं। सब व्यवस्थित था। पर अब सोचता हूँ तो लगता है—हम दोनों अलग-अलग कमरों में रहने लगे थे, भले दीवारें वही थीं। एक शाम वो लाइब्रेरी आई। मैं मेज़ पर बैठा था। उसने बिना कुछ कहे एक किताब उठाई और खिड़की के पास बैठ गई। मैं उसे देखता रहा। वो पन्ने पलटती थी, पर पढ़ती नहीं थी। उसकी नज़र बार-बार बाहर चली जाती।

मैं उसके पास गया। "कुछ ढूँढ रही हो?"

उसने सिर उठाया। "हाँ।"

"क्या?"

वो थोड़ी देर सोचती रही। फिर बोली, "शब्द।"

मैं हँस पड़ा। "किताब में ही मिलेंगे।"

उसने मेरी आँखों में देखा। "घर में नहीं मिलते।"

मैं उस वक़्त उसका मतलब नहीं समझा। या समझकर भी अनसुना कर दिया। धीरे-धीरे उसने मुझसे सवाल पूछना बंद कर दिया। मैं लौटता, वो खाना रखती। मैं खाता। वो बर्तन समेटती। हम साथ थे, पर जैसे दो लोग जो एक ही ट्रेन के अलग डिब्बों में बैठे हों। एक रात उसने मेरे कंधे पर हाथ रखा। बहुत हल्के से। मैंने बिना देखे कहा, "सो जाओ।"

उसने हाथ हटा लिया। उसके बाद उसने छूना भी कम कर दिया। और अजीब बात ये है कि उस समय मुझे कोई कमी महसूस नहीं हुई। मुझे लगा सब ठीक है। शांति है। स्थिरता है। अब पीछे मुड़कर देखता हूँ तो समझ आता है—। वो मुझसे लड़ना नहीं चाहती थी। वो बस सुनी जाना चाहती थी और मैंने उसे शांत घर दे दिया। सुनने वाला घर नहीं। उसके बाद कई दिन ऐसे आए जब उसने लाइब्रेरी आना बढ़ा दिया। वो खिड़की के पास बैठती, वही जगह। कभी कोई पतली-सी किताब खोलती, कभी बिना किताब के भी बैठी रहती। मैं दूर से उसे देखता था। मुझे अच्छा भी लगता था कि वो आती है। जैसे घर और स्टेशन के बीच कोई पुल बना हुआ हो। पर उस पुल पर मैं खुद कम ही चलता था। एक दिन उसने एक किताब मेरे सामने रखी। "ये घर सजाने

की है," उसने कहा। मैंने पन्ने पलटे। परदे, पौधे, रोशनी, दीवारों के रंग। सब बहुत साधारण बातें।

"अच्छी है," मैंने कहा। "पर हमारे घर में तो जगह ही कितनी है।"

वो बोली, "जगह कम हो तो भी सजाया जा सकता है।"

मैंने मज़ाक में कहा, "पहले वक्त तो हो।" उसने किताब वापस उठा ली। "वक्त भी सजाया जा सकता है," मैंने बहुत धीरे से कहा।

मैंने सुना, पर पूरा नहीं सुना। उस दिन वो जाते-जाते लाइब्रेरी के रजिस्टर में अपना नाम लिख गई। मैंने मज़ाक में कहा, "घर की चीज़ें भी दर्ज करनी पड़ेंगी अब?"

वो मुस्कुराई नहीं। बस बोली, "कम से कम यहाँ तो दर्ज हो जाऊँ।" उसके इस वाक्य पर मैंने कोई प्रतिक्रिया नहीं दी। उस समय वो बस एक वाक्य था। आज सोचता हूँ तो लगता है—वो खुद को कहीं दर्ज होते देखना चाहती थी। घर में उसकी चुप्पी अब स्थायी हो गई थी। वो काम करती थी, सब व्यवस्थित रखती थी, पर अब वो कोशिश नहीं करती थी कि मैं उसके भीतर झाँकूँ। पहले वो पूछती थी—"तुम खुश हो?" अब वो नहीं पूछती थी। एक रात उसने अचानक कहा, "अगर मैं कुछ दिनों के लिए कहीं चली जाऊँ तो तुम्हें लगेगा?"

मैंने अख़बार से नज़र उठाई। "कहाँ?"

"बस... कहीं भी। मायके या किसी सहेली के यहाँ।"

मैंने सहज स्वर में कहा, "जाओगी तो बता देना। मैं स्टेशन से लौटते वक्त छोड़ दूँगा।"

वो कुछ देर मुझे देखती रही। फिर बोली, "मैं पूछ रही थी... तुम्हें लगेगा?"

मैंने जवाब दिया, "इतनी दूर थोड़ी जाओगी।"

उसने धीरे से कहा, "दूरी जगह से नहीं होती।"

मैंने ये बात समझने की कोशिश भी नहीं की। मुझे लगा वो बस भावुक हो रही है। मैंने कहा, "सो जाओ। देर हो रही है।"

उस रात उसने कोई सवाल नहीं पूछा।

धीरे-धीरे घर में एक अजीब-सी स्थिरता आ गई। जैसे सब तय हो गया हो। कोई कोशिश नहीं, कोई उम्मीद नहीं। वो मेरे लिए खाना रखती थी, मैं खा लेता था। वो सुबह चाय बनाती थी, मैं पी लेता था। हम एक-दूसरे के जीवन में मौजूद थे, पर एक-दूसरे के भीतर नहीं। एक दिन मैंने देखा कि उसने अलमारी का एक कोना खाली कर दिया है। वहाँ पहले उसकी रंगीन साड़ियाँ रखी होती थीं। अब सिर्फ़ दो-तीन रह गई थीं।

"बाकी कहाँ हैं?" मैंने पूछा।

"रख दीं," उसने कहा।

"कहाँ?"

"बस... अलग।"

मैंने और नहीं पूछा।

उसकी आँखों में अब शिकायत नहीं थी। शिकायत में भी एक उम्मीद होती है कि सामने वाला बदलेगा। उसकी आँखों में अब थकान थी। और थकान बदलने की उम्मीद नहीं रखती।

एक शाम मैं थोड़ा जल्दी घर लौटा। वो आँगन में बैठी थी। उसके सामने वही किताब खुली थी—घर सजाने वाली। उसने मुझे आते देखा, किताब बंद नहीं की।

"देखो," उसने कहा, "ये पौधे खिड़की के पास अच्छे लगेंगे।"

मैंने सरसरी नज़र डाली। "धूप कहाँ से आएगी?"

वो बोली, "अगर परदा थोड़ा हटाएँ तो आएगी।"

मैंने सहजता से कहा, "परदा हटाओगी तो बाहर से सब दिखेगा।"

वो कुछ सेकंड चुप रही। फिर बोली, "सब दिख जाए तो बुरा है क्या?"

मैंने जवाब नहीं दिया। मैं भीतर चला गया।

उस दिन पहली बार मुझे लगा कि वो मुझसे आगे निकल रही है। वो कोशिश कर रही थी कि घर में रोशनी आए। और मैं परदा पकड़े खड़ा था।

उस रात उसने कुछ नहीं कहा। बस बत्ती बुझाई और लेट गई। मैं देर तक जागता रहा। मुझे उसकी पीठ दिख रही थी। मैंने सोचा—कुछ कहूँ? पर क्या? शब्द मेरे पास थे, पर जैसे मुँह तक आते-आते सूख जाते थे।

मैंने हाथ बढ़ाया भी नहीं।

और शायद वहीं से हम सच में दूर होने लगे थे।

उसने बोलना कम किया। मैंने सुनना नहीं सीखा।

घर में शांति थी। पर वो शांति हमारी नहीं थी। वो बस एक खाली जगह थी, जहाँ शब्द कभी थे ही नहीं।

इतने में एक बाबा मेरे कंधे पर हाथ रखे हुए थे। मेरी आँखें बंद थी तो उनकी एक आवाज़ मेरे कान में फुस-फुसाई "बेटा.."। मैंने अपनी आँखें खोलीं तो वो मुझे बड़ी अजीब नज़रों से देख रहे थे। मैं उन्हें कोई खोए हुए बच्चे की तरह लग रहा था। उनके हिसाब से मैं किसी याद में नहीं, किसी अनाथ आश्रम को छोड़ कर आया था। मुझे याद में रहते काफी समय हो गया था और रात काफी अंधेरी हो गई थी। मैं अपनी धुंध से निकला तो उन्होंने मुझसे पूछने की कोशिश की, कि मैं घाट पर क्या कर रहा था।

मैंने उन्हें शुरू से उस आदमी की पूरी राम कथा बात दी थी। मगर वो आस पास ही देखे जा रहे थे। अब मुझे कुछ सुझा नहीं तो मैंने इस बात को नज़र अंदाज़ किया।

"पर अकेले? वो आदमी कहाँ है?" उन्होंने पूछा।

मैंने भी आस पास नजरें घुमाई तो वो दूर दूर तक नहीं दिख रहा था। मुझे लगा कहीं गया होगा पर ऐसा नहीं था। न वो वहाँ था और न ही उसकी पत्नी का जलता हुआ देह। मैं काफी हैरानी में था। मैं वहाँ उसके साथ गया था मगर वो तो था ही नहीं। क्या सच में ऐसा कोई आदमी था या मैं अपने ही चलते-फिरते वहाँ पहुँच गया था? मैं एक इंसान के साथ था भी या नहीं? वो शायद जा चुका था पर उसने जाने क्या बताया कि मैं अपने सोच में एक जलती चिता ले आया था। वो मेरी सोच थी या सच में वैसा हुआ था? वैसा हुआ था। मैं बस अपने आप को पीछे

करके बैठ गया था। अक्सर मैं आगे सब चीज़ें को देख कर महसूस कर पीछे मुड़ जाता हूँ। उन चीज़ें को या तो नज़र अंदाज़ कर देता या भूलने की कोशिश में रह जाता। बाबा को हँसी आ रही थी कि मैं उल्टा होके बैठ था और भूल गया था। पीछे मुड़ा तो अभी भी उसकी पत्नी का देह जल रहा था और वो जा चुका था।

अपनी यादों के भ्रम में मैं इतना गुम हो गया था कि वो उठ के चल दिया। वो भी बिन बताए। अब लोग बिन बताए यूँ छोड़ के चले जाए इसकी आदत मुझे काफी पहले से थी। बाबा मुझे न जानते हुए भी मेरी हालत समझ पा रहे थे।

“अब? तुम भी कहीं जाओगे कि?” बाबा ने पूछा।

“कहाँ जाऊँगा?”

“जहाँ रहते हो वहाँ?”

“मैं कहाँ ही रहता हूँ!”

“कहीं तो रहते होंगे?”

“कॉर्टर है मेरा,”

“तो जाओ फिर, किसकी राह देखते हो?”

मेरे मुँह से शब्द निकलना भूल गए थे। मैं उन्हें आईना दिखा कर निकाल तो लेता पर बाबा के सामने कुछ सुझा ही नहीं। मैं राह देख तो रहा था पर उस आदमी की नहीं, अपनी बेगम की, मगर क्या वो आने वाली थी? वो बाबा

भी जानते थे कि मेरा जाने का कतई मन न था। मैं किस मोड़ पर खड़ा था ये मुझे भी न पता था। ज़िंदगी ने क्या कुछ नहीं छीना इस जीव से क्या बताऊँ?

बाबा मुझे काफ़ी देर से निहार रहे थे और मुझे ज़िंदगी का कोई सबक देना चाह रहे थे। पर मुझे काफ़ी अजीब सा लग रहा था। मुझे अपनी यादें इस बार धुंधली न हो कर खुरदुरी लग रहीं थीं।

"जाना नहीं चाहते हो?"

"जी नहीं बस निकलता हूँ,"

"कुछ पल बैठ सकते हो, हम तो मज़ाक कर रहे थे!" उन्होंने हस्ते हुए बोला।

"डरो मत, हम कुछ करेंगे थोड़ी तुम्हारे साथ"

"काफ़ी खुशमिजाजी है आप तो,"

बाबा ने मुझे देख मुस्कुराहटें देनी शुरू कर दी। मैं काफ़ी सहमा सहमा सा लग रहा था उन्हें! मुझे ऐसे देख रहे थे जैसे कुछ जानते थे मेरे बारे में। मैं चाहता तो उठ कर भाग सकता था मगर उठा नहीं। देखते-देखते उन्होंने मुझे इशारे से पास आने को कहा और मेरा डर बढ़ सा गया। अम्मी कहती थी कि बाबाओं के पास कुछ शक्ति होती है, पकड़ के रख लेते हैं जाने न देते है। कुछ ढोंगी उठा के भी ले जाती है। पर मैं विश्वास करके उनके पास गया। कह रहे

थे लोग उनसे डर के भागते थे। कुछ किया नहीं था ऐसा उन्होंने, मगर लोग भाग जाते थे। अब लोग आपस में ही एक दूसरे पे ऐसा विश्वास खो बैठे है कि उस बाबा पे कौन विश्वास करेगा!

"किसी चीज़ से निंदित हो क्या?" उन्होंने मुझसे पूछा।

"ज़िंदगी से, बाबा!"

वो मेरी तरफ ऐसे देखे जैसे उन्हें ये जवाब की आदत सी थी। इस गोल दुनिया में ये जवाब देने वाले कई होंगे। मैं अकेला थोड़े था। उनके लिए ये कोई नए बोल नहीं थे। वो चाहते तो मुझसे दूर वापस जा सकते थे मगर वो गए नहीं। वो एक मुस्काते चेहरे के साथ मेरे बगल में बैठे रहे।

"लेकिन ज़िंदगी से तो सारे निंदित होते हैं? कुछ नया बताओ!"

"आपको याद है, आज से करीब तीस साल पहले यहाँ आया था?"

"अब रोज़ कितने आते कितने जाते! कुछ नया बताओ।"

"मेरे लिए तो यही नया यही पुराना बाबा, मुझे तो आश्चर्य है आप इतने साल जी गए।"

"मैं तो उस दिन से ज़िंदा हूँ जिस दिन से इंसानी जीवन छोड़ा और उसी दिन से मृत भी।"

बात काफी गंभीर कही थी उन्होंने। पर इतनी समझ रखने वाला मैं कहाँ! मैंने अपना सिर नीचे करके बात को जाने दिया।

"लेकिन तुम मुसलमान हो कर घाट पर क्यों आओगे?"

"क्यों? अब घाट को भी जात और धरम बता कर आएंगे क्या?" मैंने कहा।

बाबा मुझे सुन कर काफी प्रभावित हुए थे, कि कोई ऐसे भी सोचने की क्षमता रखता है आज कल के ज़माने में।

"साहिरा याद है? आज से तीस साल पहले उसे इसी घाट पर जलाया गया था,"

वो नाम मेरे ज़ेहन से काफी समय बाद निकला था। वैसे भी वो नाम इतना सामान्य न था, कि किसी को यूँ याद न हो। पर वह जली कब? वह जाली तो थी मगर शरीररिक रूप से नहीं, मानसिक रूप से। अब ये मानसिक आग जब लगी तब बाबा उसको देखे थोड़े थे। उन्होंने कैसे याद होता जो चीज़ उन्होंने कभी देखी ही नहीं। पर मैंने उन्हें तीस साल पहले इसी घाट पर उसके जाने की बात बताई थी। उस समय बाबा थे। उसके जाने के बाद काफी दुख और हार के साथ मैं घाट में प्रवेश कर गया था। बाबा यूँ ही भटक रहे थे और कोई उनसे बात न कर रहा था। लोग उन्हें पागल कहते और कोई पास जाने की कोशिश भी न करता। मैं कब्रिस्तान से घाट जा कर बैठ गया। वो मेरे

पास आए और जाने अनजाने में मैंने सारी बात उन्हें बता दी। असल में बात ये थी कि साहिरा का एक बार तलाक़ हो चुका था और कोई उससे वापस जुड़ने को तैयार न था। मुझे शादी से पहले ये बात मुझे बताई गई थी। पर सच कहूँ तो मुझे कभी इस चीज़ से कभी कोई मतलब नहीं था। मैं उसे उसके गाँव जा कर बियाह लाया।

लेकिन ये समाज तो गालियाँ और तानें देता ही था। उसको रोक थोड़े सकते थे। मैंने कई बार अपनी बेगम को समझाने की कोशिश भी की थी। मगर उसके मन में ये बात इतनी हावी हो गई थी की वो मुझसे तरह तरह के सवाल पूछती कि मैं कहीं कभी उसे छोड़ न दूँ बिल्कुल उसके पहले वाले शौहर की तरह। लोग मुझे भी कहते कि मैं क्या बला बियाह लाया हूँ मगर इसका मुझ पर कोई असर न पड़ा, न ही उसके तरफ मेरे प्यार पर। मुझ से कई ज़्यादा असर मेरी बेगम पर पड़ रहा था। मैंने कौन से तरीके न अपनाए थे उसे खुश रखने के, मगर वो उन तानों में इतनी अंधी सी हो गई थी कि मैं उसे रोक न सका। लेकिन हम डोर भी ऐसे थे जिसको किसी ने शायद कभी पकड़ा ही नहीं था। मैं आज भी इस बात का पछतावा रखता हूँ कि कभी उसे इस हद तक एहसास न दिला पाया कि मैं उससे कितना प्यार करता हूँ।

एक आखरी दिन जब मैं लाइब्रेरी में था, उसने अपना अलग रखा हुआ समान बांधा और उस दरवाज़े को बंद कर के चली गई हमेशा के लिए। कहाँ गई? शायद अपने मायके

वापस? इस वहम में मैं आज भी जी लिया करता हूँ, कि उसकी आवाज आज भी मुझे कानों में गुदगुदाएगी और मैं यूँ ही उसके पास जा कर उसे गले लगा लूँगा।

कॉर्टर का वो कमरा मैं आज भी बंद ही रखता हूँ। चाबियाँ भले ही दौड़ने को फिरे पर मेरे में इतनी हिम्मत कभी नहीं आई कि मैं उस कमरे के दरवाज़े को खट-खटा के एक बार कहूँ—"बेगम साहिबा, एक कप चाय बना देंगी क्या?" जी आज भी करता है की जाऊन और कहीं से उसे पा कर गले से लगा लूँ। पर ये होने से रहा! अब ज़िंदगी जिस हिसाब से सोची उस हिसाब से हो ली तो क्या खाक ज़िंदगी ठहरी!

उसके जाने के बाद मैंने एक चिट्ठी उसके मायके भिजवाई तो थी मगर उसके जवाब में वो चिट्ठी वैसी की वैसी और उसके साथ एक संदेश आया की बेगम साहिबा हमें छोड़ कर चलीं गईं हैं। हिसाब रखने वाले इस लाइब्रेरीअन के पास उस दिन शब्द न थे और वो ज़िंदगी से मुख मोड़ कर अपने कॉर्टर में ही रहता था। वो चिट्ठी आज भी यूँ ही ऊपर वाले किसी खाने में लापता पड़ी होगी। पर मेरे दिल में उसकी याद और उस चिट्ठी का एक-एक लफ़्ज़ मुह ज़बानी याद था। वो चिट्ठी मेरी बेगम के घर वालों ने उन्हें कभी पढ़ने ही न दी। और न ही कभी वापस मेरे पास आने दिया। सीधा उस मालिक के पास रवाना कर दिया। उस वारदात के करीबन तीन घंटे के अंदर वो कब्रिस्तान में थे

और मुझे भी पहुँचने का संदेश बिरजू के किसी दोस्त के हाथ पहुँचा दिया गया।

उनका मायका शहर के बाहरी इलाके में था। वहाँ से कब्रिस्तान जाने में कुछ देर ही लगती थी। मैं भी वहाँ पहुँच तो गया था मगर कुछ कहने को साफ नहीं था। उनके घर वालों को उनके गए का ज़रा स अफसोस नहीं था। पर मेरा तो वो पूरा जीवन थीं! मैं काफी झगड़ा करके वहाँ से निकला और जा कर घाट पर बैठ गया था।

बाबा को याद थी साहिरा। उन्होंने वापस मेरे कंधे पर हाथ रखा और कहा—

"मंसूर?" उन्होंने कहा।

आश्चर्य से उन्हें मैं भी याद था। वो मंज़र उनके ज़ेहन में आ गया। उस धुंध से मैं और वो बाबा निकाल गए थे। हम वो वक़्त के पास चले गए थे मगर कुछ अलग तरीके से।

वो वक़्त ऐसा था कि मैं एक दिन, एक तारीख और खुद से नफ़रत करता था। उस बात का पछतावा मुझे आज भी था कि सही समय और सही तारीक पे सही जगह पर नहीं पहुँच पाया। उसके पास होना मेरे लिए एक ज़रूरत थी पर उस ज़रूरत का महत्व, मैं समझ नहीं पाया।

इतना सब कुछ होने के बावजूद, मैंने बाबा से आज्ञा मांगी और उन्होंने बिना कुछ बोले वहाँ से उठ गया। मैं आटो पकड़ के स्टेशन की ओर जा रहा था। मेरी दिल की धड़कनें शांत सी हो गई थी। आटो वाला शीशे से मेरी तरफ पीछे झाँके ही जा रहा था। मैंने उसकी तरफ देखना ही न चाहा। मैं यूँ ही किस सोच में ग़ुम था। सारा शहर काफी पीछे छूटता चला जा रहा था। मेरे मन में न जाने कौन से ख्याल दौड़ रहे थे और कौन से गुटली मार रहे थे। मुझे कुछ पता नहीं था मैं क्या करने की फिराक में हूँ। मेरे पैर आटो के फर्श से ज़्यादा एक दूसरे को छू रहे थे। जाने किस चीज़ की चिंता मेरे सोच में गोल-गोल घूम रही थी! आटो वाले की नजरें मुझसे हट ही न रही थीं। उसे मुझे देख कर दुख भी हुआ और चिंता भी, ऐसा मुझे लगा। वो मेरी आँखों को इस निराशा से देख रहा था मैं बात भी नहीं सकता। उसकी इस नज़र की वजह से मैं खुद को निराशा से देखने लगा था। अक्सर मैं लोगों की निराशा से निराश हो जाता, जबकि उन्हें इस बात का अंदाज़ा भी नहीं होता कि मैं किस स्तिथि में हो। बिना जाने कि मैं कौन हूँ, किस हालत में हूँ, वो

एक अनुमान लगा ही चुका था और मुझे निराशा से देख रहा था।

"क्या हो गया अंकल?" उसने उसी निगाह से पूछा।

मेरे चिंतन ने मुझे कहीं दूर उलझा दिया था। उस में मैं अपने आप को कहीं खो चुका था। उसका ये सवाल मुझे सुनाई नहीं दिया। मेरी उसे नज़र अंदाज़ करने की कोई चाहत नहीं थी। मगर उसने मुझसे काफी अपेक्षा रखी भी नहीं थी। मेरे ख्याल मेरे पैरों की तरह तिलमिला रहे थे और मेरा ध्यान कहीं इधर-उधर को भटक रहा था।

"अंकल? क्या हो लिया?" उसने दोबारा पूछा।

मेरी भटकी बेचैन आँखों ने आगे वाले शीशे से उसकी तरफ देखने की कोशिश की। मन कर रहा था जितनी बातें मैंने सबको बताई उसको भी बता दूँ। बातें करने को हो तो मैं काफी कर सकता हूँ। पर हम सब बातें सबसे कर देते हैं फिर हमें एहसास होता है कि सब बातें बताने से रिश्ता तो वही रहता है लेकिन एहमीयत जो सामने वाले की आँखों में होती हैं वो भी कम होने को आती हैं। छुपने-छुपाने से यूँ तो कुछ होता नहीं पर शायद किसी नज़र में उस रिश्ते की एहमियत बनी रहती है। ये बात कितनी सच्ची है और कितनी झूठी ये तो मैं नहीं जानता। मगर मेरी अम्मी कहती थीं तो कुछ ग़लत नहीं ही कहती होंगी। उनकी बात को कैसे नकार दूँ अब।

"कुछ नहीं भई, तू बस स्टेशन पहुँचा!" मैंने जवाब देना न चाहा।

उस आटो वाले ने फिर शीशे से मेरी तरफ न देखा और सर नीचे कर के आटो चलाने लगा। स्टेशन यूँ तो इतना दूर था नहीं जितना लग रहा था। जाने क्यों ऐसा लग रहा था मुझे। या तो वो आटो वाला मुझे शहर घुमाने के प्लान बना कर आया था या मैं ही कुछ ज़्यादा सोच रहा था। अक्सर जब घड़ी को इस तरह के समय पर देखो तो वक़्त के कांटे काफी धीरे लगते हैं। मन करता है कि उन्हें खींच कर उस समय पर ले आयें जहाँ उसे चाहिए। पर क्या उस समय को खींचने वाले हम कभी खुद को खींच कर सही जगह पहुँचा पाएँ हैं? बाकी कई सवालों के तरह मुझे ये भी खटका लेकिन अब घड़ी से नजरें हटाईं तो देखा कि स्टेशन पास था। दूर से स्टेशन का नाम और वो बड़ी वाली घड़ी दिख रही थी। मैंने कुछ नोटों को ऐसे ही जेब से अलविदा करने के लिए निकाला और उस आटो वाले को पकड़ा दिए।

"अंकल ज्यादा हो गया!" उसने चिल्लाया।

मैं उसके चिल्लाने से पहले मैं स्टेशन की ओर भाग चुका था। एंट्री गेट से घुसा और लाइब्रेरी की ओर भागा। रात के एक बज चुके थे। वो बड़ी घड़ी बात रही थी मुझे। बिरजू और बाकी सारे अपनी-अपनी दुकानें बंद कर के जा चुके थे। मैंने लाइब्रेरी के दरवाज़े को एक बार ज़ोर से खोला। मैं इतनी जल्दबाज़ी में कभी नहीं हुआ कि मुझे अपनी ही

लाइब्रेरी के दरवाज़े को यूँ ज़ोर ज़बरदस्ती से खोलना पड़े। वो आराम से खुल सकता था मगर मेरा दिमाग उस वक़्त एक बार को भी नहीं सोच रहा था कुछ करने से पहले। खोलने पर दरवाज़े ज़ोर से दीवार से टकराए। ये पहली बार नहीं था कि किसी को लगी हो और उसने मुझे कोई खबर नहीं दी। ये नजरें अब महज़ उन किताबों पे थीं जिनके पन्नों को मेरी बेगम ने मोड़ कर रखा था। मैं गल्ले के तरफ गया और दराज़ खोला तो बेगम ने अब भी फूलों को कस कर पकड़ा हुआ था। उसका भ्रम सालों से उस लाइब्रेरी में घूम रहा था। पर मेरे पास कहने को शब्दों की कमी थी इन तीस सालों में। मैंने उस गुलदस्ते को मेरी बेगम की तस्वीर के साथ यूँ ही छोड़ दिया। मैंने एक रजिस्टर निकाल के गल्ले पे रखा और कागज़ फाड़ने के लिए पीछे पलटा। काफी पुराना रजिस्टर था। मैं रजिस्टर के आखरी पन्ने पे पहुँचा, उसको फाड़ने के लिए तो सामने रखीं हुईं किताबों में से एक-एक कागज़ के टुकड़े नीचे ज़मीन पर आ गिरे।

एक बार को मेरी नज़र नहीं जाती इन चीजों पर, लेकिन मैंने जाने क्यों सारे टुकड़ों को जुड़ते हुए देख काफी ध्यान से देखा। साहिरा ने कुछ ऐसा सोच कर उन टुकड़ों को ऐसा मोड़ा होगा कि वो ठीक तीस साल बाद गिर कर जुड़ जाए, मैंने सोचा नहीं था। अगर सही नज़र से देखूँ तो एक दिल बनता दिख रहा था। ठीक वैसा ही दिल जुड़ रहा था जैसा तीस साल बाद किसी इश्क करने वाले का जुड़ता। मैं उस मंज़र को देख अपने हर एक हिस्से से इश्क को पुकारने

की कोशिश कर रहा था। इतने में मुझे याद आया कि ये आशिकों का हफ्ता चल रहा था। इससे अच्छा इज़हार करने का मौका मुझे कब मिलता। ऐसे तो इतना सुंदर दृश्य मैं खराब नहीं करना चाहता था मगर मुझे जाना था। मैंने एक कागज़ को रजिस्टर से फायदा और एक कलम से उस पर लिख दिया कि एक दिन के लिए लाइब्रेरी बंद रहेगी और उसकी वजह भी साफ-साफ लिख दी।

मैं लाइब्रेरी बंद कर के स्टेशन के आस पास उस फूल वाले को ढूँढने लगा। बिरजू कहता था कि उसका कोई ठिकाना नहीं था पर ज़रूरत पड़ने पर सही ठिकाने पर मिल जाता था वो। इतना ढूँढने पर वो प्लेटफॉर्म के अंत में समोसे की दुकान के बाहर सो रहा था। जगाने पर भाई साहब जग ही नहीं रहे थे। कुंभकरण को प्रतीक मान के वो फूल वाला गहरी नींद सो रहा था। थोड़ी कोशिश के बाद जनाब उठे तो बोलते हैं—

"क्या है, इतनी रात को क्यों परेशान कर रहे हो?"

"उठ जा भई एक गुलदस्ता बना दे"

"इतनी रात को?"

"हाँ भई, इतनी रात को! बना दे न!"

काफी कोशिश के बाद वो फूल वाला माना और अपनी टोकरी, जिस पर वो कुछ पल पहले सो रहा था, उस पर से कपड़ा हटाया। इतनी भारी नींद होने के बावजूद उसने

मेरे लिए एक गुलदस्ता बना कर दिया। बिल्कुल वैसा जैसा उसने उस सवेरे बना कर दिया था। लेकिन मैं कुछ बोलता उससे पहले ही वह सो गया। मैं था भी इतनी जल्दी में कि बिना कुछ बोले और पैसे दिए वहाँ से निकल गया। मैं एक और बार किसी चीज़ के चक्कर में हिसाब रखना भूल गया। मैंने सोचा था कि उसे लौट कर पैसे दे दूँगा। मगर सब लौटने को होते तो क्या ही बात थी! इसी उम्मीद पे चलना चाहिए कि कोई लौटेगा नहीं, तभी ज़िंदगी आसान लगेगी।

बियाह से पहले मेरे घर वाले मुझे मूर्ख मानते थे। उन्हें लगता मैं किसी चीज के लायक न हूँ। चाचा अम्मी को सुनाते थे कि मैं उनके पल्लू से कब तक बंधा रहूँगा! यूँ तो अम्मी और अब्बू उनकी एक न सुनते मगर इस बार उनका दिमाग फिर गया थी उनकी बातों से। तब मैं जब अपनी आखों को नीचे ही झुकाए रखता था तो उन्हें कोई ऐतराज़ नहीं था मगर अब उन्होंने चाचा की बातों को कानों से निकालने के जगह उन्हें कानों से दिमाग तक पहुँचा दिया था। अम्मी की बड़ी बहन हमारी अम्मी के सामने साहिरा का रिश्ता लाईं थीं। उस समय ये बात किसी के कानों तक नहीं पहुँचाई गई थी कि उनका तलाक़ हो चुका था। पहुँचता भी कैसे! साहिरा के घर वालों ने ये बात छुपा रखी थी सबसे। मेरे लल्लूपने के कारण मेरा ब्याह उससे करा दिया गया था। फिर कुछ समय बाद, दूसरे शहर के एक औरत ने आके ये बात सब तक पहुँचाई। अम्मी अब्बू यूँ तो किसी चीज़ के खिलाफ न थे मगर इस ब्याह के हो गए थे।

चाची चाचा और अम्मी अब्बू एक हो कर सोफ़े पर या बैठे और मुझे बुलाया। वो चाहते थे कि मैं साहिरा को छोड़ के एक नई शुरुआत करून। शुरुआत से उनका मतलब था नया ब्याह! चाचा कहते थे कि चाहे लल्लू है पर अपना लल्लू है। एक पल में मैं उनके लिए अपना और उनकी प्यारी साहिरा पराई हो गई थी। उन्हें तो बस पलटने के लिए मौका चाहिए था, जो उन्हें मिल गया था। भले ही वो अम्मी

की बहन को पीठ पीछे गालियाँ बक रहे थे, सामने बड़े मीठे बनने की कोशिश में थे दोनो।

साहिरा यूँ ही हमारे कमरे से झाँक रही थी। उसके आँसू भी कहीं आँखों में शर्मिंदगी से रुक गए थे और वहाँ चाचा उसे भर भरके खरी खोटी बुला रहे थे अम्मी अब्बू के सामने। शर्म उन्हें आनी चाहिए थी। मगर उनके आँखों में शर्म का एक कतरा भी न था। मुझ से रुका न गया। मैंने भी उन्हें खरी खोटी सुनाना शुरू कर दिया। अब्बू मुझे अजीब निगाहों से देख रहे थे, क्योंकि वो चाचा की काफी इज्जत करते थे, बावजूद इसके कि वो जानते थे कि चाचा कैसे इंसान थे! कहते थे इंसान जैसा भी हो उम्र से बड़ों की इज़्ज़त करनी चाहिए। उस दिन मैंने किसी भी बात का लिहाज़ नहीं किया। मैंने चाचा को इतना सुनाया कि वो उठे और चल दिए। जाते-जाते कह रहे थे कि 'लाड़ साहब को संभालिए ज़्यादा लफ़्ज़ फूट रहे हैं मुह से, तमीज़ सिखाएँ'।

मैंने जवाब में खाली उन्हें ये कहा कि—"चुगलखोरी करने वाले हमें तमीज़ न सिखाएँ तो बेहतर रहेगा।" इस बात पर अब्बू को काफी गुस्सा आया। उन्होंने में मेरे गालों पर अपने बदले हुए लाल रंग का निशान छोड़ दिया। साहिरा को मेरे उसके साथ खड़े रहने का अच्छा तो लग रहा था मगर इस बात पर वो भी हैरान थी।

मुझे विश्वास न हो रहा था कि मेरे अब्बू ने मेरे साथ ऐसा बर्ताव किया। उनके हाथ के लाल निशान के चोट से ज़्यादा

मुझे अंदर से बुरा लग रहा था। वो आदमी जिसने मुझे आज तक किसी चीज़ के लिए न रोका न टोका, उसने मुझे आज थपड़ मार दिया। मैंने उनकी तरफ देखने की कोशिश तक न की। अम्मी ने उन्हें काफी कुछ कहा कि चाहे जो हो उन्हें इस तरह थपड़ नहीं मारना चाहिए था। उन्होंने अम्मी की एक न सुनी और मुझे खरी खोटी सुनाते रहे..। चाचा जा चुके थे पर उनका ये रूप अब्बू में मैंने पहली बार देखा था। अम्मी भी काफी हैरान थीं। बात हद से पार हो चुकी थी। एक तो वो चाचा मुझे लल्लू लल्लू बुलाता था वो मुझसे पहले ही सहन न होता था और अब तो उन्होंने साहिरा के बारे में भी बुरा भला बोल दिया। ये बात मेरे बस के बाहर थी अब। मैं हमारे कमरे की तरफ पलटा और साहिरा से इतनी ऊची आवाज में कहा कि अब्बू को सुनाई दे—

"समान बांधों हमें यहाँ नहीं रहना!"

ये बात अब्बू के साथ-साथ अम्मी के कानों में भी पहुँच गई थी। मुझे उनके लिए बुरा तो लग रहा था लेकिन अब मेरा रहने का मन न था उस घर में। अम्मी और साहिरा मुझे समझाते रहे पर मैंने कुछ नहीं सुना। अब्बू अब भी गुस्से की निगाह से मुझे देख रहे थे। मुझे इनकी ये बात बिल्कुल मंज़ूर नहीं थी। ऊपर से मुझे चाचा से माफी मांगने के लिए कह रहे थे।

“मैं बिल्कुल नहीं रहना चाहता इस घर में, बस!” मैंने ये बात काफी साफ कर दी थी। यूँ तो जिस घर में बचपन और जवानी गुज़ारी उसे छोड़ना अच्छा तो नहीं लग रहा था पर जो उस दिन हुआ मैं कुछ कर भी न सकता था। मैंने साहिरा को समान बाँधने के लिए कहा। मेरे पास करीब पंद्रह हज़ार रुपए और कुछ कपड़े थे जिन्हें मैंने बाँध लिया। मेरी जॉब टीटी की थी और मेरे पास एक दो कमरे के कॉर्टर में रहने का विकल्प था इस लिए मैं इतना आत्मविश्वास के साथ घर छोड़ने को तैयार था। अम्मी ने भी कुछ पैसे दिया और उनके आँखों के आँसू के साथ हम घर से विदा हुए। मैंने पीछे मुड़ के देखा भी तो अम्मी को देखने के लिए। मैंने एक टैक्सी पकड़ी और स्टेशन के कॉर्टर को निकल लिए।

कभी-कभी आदमी अपनी पूरी ज़िन्दगी एक ही वाक्य से बचते हुए गुज़ार देता है। वह वाक्य बहुत बड़ा नहीं होता, उसमें कोई भारी शब्द भी नहीं होते, लेकिन उसके भीतर एक ऐसा सच छुपा होता है जिसे बोल देने के बाद आदमी पहले जैसा नहीं रह सकता। इसलिए वह उसे टालता रहता है। दिन बीतते हैं, साल बीतते हैं, और धीरे-धीरे वह वाक्य उसके भीतर एक बंद कमरे की तरह हो जाता है—एक ऐसा कमरा जिसकी चाबी जेब में होते हुए भी वह दरवाज़ा नहीं खोलता।

बाहर से सब ठीक दिखाई देता है; घर में लोग आते-जाते हैं, बरामदे में धूप पड़ती है, खिड़कियों पर शाम उतरती है, लेकिन उस कमरे के भीतर समय ठहर जाता है। धूल वहाँ सबसे पहले पहुँचती है, और फिर धीरे-धीरे यादें। कुछ चीज़ें ऐसी भी होती हैं जिन्हें आदमी इसलिए नहीं छूता क्योंकि उसे डर होता है कि उन्हें छूते ही वे बोल पड़ेंगी—और जो बातें वे कहेंगी, उनसे बचने की कोई जगह नहीं बचेगी। उस रात, जब शहर की ज़्यादातर बत्तियाँ बुझ चुकी थीं और गलियाँ अपने भीतर की खामोशी में लौट आई थीं, मैं उसी तरह का एक वाक्य अपने भीतर लिए चल रहा था। मुझे यह भी मालूम था कि शायद आज भी मैं उसे बोल नहीं पाऊँगा, और फिर भी मेरे कदम ऐसे उठ रहे थे जैसे किसी बहुत पुराने वादे की ओर जा रहे हों।

रात का वह हिस्सा अजीब होता है जब शहर सो चुका होता है लेकिन नींद पूरी तरह नहीं आई होती। सड़कें खाली दिखती हैं, पर हवा में दिन भर के कदमों की थकान तैरती रहती है। कहीं दूर कोई कुत्ता भौंकता है, फिर अचानक सब शांत हो जाता है, जैसे आवाज़ भी अपनी गलती समझ कर वापस लौट गई हो। बिजली के खंभों से पीली रोशनी गिर रही थी और उस रोशनी में धूल के कण ऐसे तैर रहे थे जैसे बहुत छोटी-छोटी यादें हवा में अटकी रह गई हों। मैं धीरे-धीरे चल रहा था। जल्दी मुझे कहीं की नहीं थी। शायद जल्दी होती भी तो मैं तेज़ नहीं चल पाता, क्योंकि कुछ रास्ते ऐसे होते हैं जिन्हें आदमी अनजाने में धीमा कर देता है।

मुझे लग रहा था कि अगर कदम हल्के रखे जाएँ तो मंज़िल थोड़ी देर से आएगी, और उस देर में दिल को समझाने का थोड़ा और समय मिल जाएगा। लेकिन रास्ते अपने समय से चलते हैं। वे किसी की हिचकिचाहट से प्रभावित नहीं होते। वे बस आदमी को वहाँ पहुँचा देते हैं जहाँ उसे पहुँचना होता है। और उस रात भी वही हुआ। कुछ देर बाद मैं एक पुराने दरवाज़े के सामने खड़ा था—एक ऐसा दरवाज़ा जिसे मैंने बहुत सालों से खोला नहीं था। कॉर्टर का वो दूसरा कमरा जो मेरी बेगम का था।

दरवाज़े पर हाथ रखते ही मुझे लगा जैसे लकड़ी के भीतर भी समय जमा हुआ है। उसकी सतह ठंडी थी, और उँगलियों के नीचे महीन धूल की एक परत थी। मैंने धीरे से हाथ

हटाया और जेब से चाबी निकाली। चाबी छोटी-सी थी, लेकिन उस वक़्त मुझे ऐसा लगा जैसे मैं जेब से कोई भारी चीज़ निकाल रहा हूँ। मैंने कुछ क्षण उसे हथेली पर रखा, जैसे यह तय कर रहा हो कि सचमुच ताला खोलना चाहिए या नहीं।

कुछ दरवाज़े ऐसे होते हैं जिन्हें बंद रखने की आदत हो जाती है। आदमी उन्हें खोलने से इसलिए नहीं डरता कि भीतर क्या मिलेगा—वह इसलिए डरता है कि कहीं भीतर कुछ ऐसा न मिल जाए जो अभी तक ज़िन्दा हो। मैंने आखिरकार चाबी ताले में डाली। ताला पहले तो हिला भी नहीं, फिर एक धीमी-सी आवाज़ के साथ घूम गया। आवाज़ इतनी हल्की थी कि अगर आस-पास कोई और होता तो शायद सुन भी न पाता, लेकिन उस खामोशी में वह आवाज़ किसी पुराने वाक्य के खुलने जैसी लगी। दरवाज़ा धीरे-धीरे अंदर की ओर खिसका। भीतर अंधेरा था, और अंधेरा भी ऐसा जो कई सालों से वहीं बैठा हो।

मैंने दीवार पर हाथ फेरते हुए स्विच ढूँढा। उँगलियाँ जब छोटे से बटन पर पहुँचीं तो एक पल के लिए मैंने हाथ रोक लिया। शायद मुझे डर था कि रोशनी के साथ कुछ ऐसा भी सामने आ जाएगा जिसे मैं देखना नहीं चाहता। लेकिन आखिरकार उँगलियों ने बटन दबा दिया। पीला बल्ब जल उठा। रोशनी बहुत तेज़ नहीं थी, फिर भी कमरे में जमी हुई धूल अचानक हवा में उठ गई। छोटे-छोटे कण रोशनी

में तैरने लगे, जैसे समय अचानक जाग गया हो और कमरे में घूमने लगा हो। कमरे में बहुत ज़्यादा सामान नहीं था। एक पुरानी मेज़, एक लकड़ी की अलमारी, और कोने में रखा एक बक्सा। सब पर धूल की मोटी परत थी। खिड़की बंद थी और उसके शीशों पर बाहर की रात चिपकी हुई थी। कमरे में एक अजीब-सी गंध थी—पुरानी किताबों, बंद लकड़ी और बीते हुए दिनों की गंध। मैं कुछ देर दरवाज़े पर ही खड़ा रहा, जैसे किसी ऐसे घर में आया हो जहाँ कभी मेरा ही जीवन रहा हो लेकिन अब वह उसे पहचान नहीं पा रहा।

धीरे-धीरे मैं कमरे के भीतर चला गया। मेरे कदमों से फर्श पर जमी धूल हल्की-सी हिलती थी और फिर वापस बैठ जाती थी। मेज़ पर हाथ रखते ही उँगलियों की एक साफ़ लकीर बन गई। मैंने अनायास उस लकीर को देखा, फिर हाथ वापस खींच लिया। कभी-कभी आदमी को अचानक एहसास होता है कि वह जिस जगह खड़ा है, वहाँ उसकी अनुपस्थिति भी उतने ही सालों तक रही है जितने साल वह खुद कहीं और रहा।

अलमारी का दरवाज़ा थोड़ा टेढ़ा था। मैंने उसे खोला नहीं। शायद मुझे लगा कि अगर मैं सब कुछ एक साथ देखने लगूँगा तो मेरे भीतर कुछ टूटने लगेगा। मेरी नज़र अब कमरे के उस कोने पर ठहर गई जहाँ लकड़ी का पुराना बक्सा रखा था। बक्से पर धूल इतनी थी कि उसका असली रंग पहचानना मुश्किल था। मैंने कुछ पल उसे देखा, जैसे

मैं याद करने की कोशिश कर रहा था कि यह बक्सा यहाँ क्यों रखा गया था।

मैं धीरे-धीरे उस ओर बढ़ा। घुटनों के बल बैठते समय मेरे कपड़ों पर धूल लग गई, लेकिन मैंने ध्यान नहीं दिया। बक्से का ढक्कन हल्का-सा खुला हुआ था। मैंने उँगलियों से उसे उठाया। भीतर कुछ पुराने कागज़ रखे थे। बहुत ज़्यादा नहीं—बस कुछ मुड़े हुए पन्ने, एक कपड़े में लिपटी छोटी-सी चीज़, और ऊपर की ओर रखा एक कार्ड। मैंने वो कार्ड उठाया। कागज़ मोटा था, किनारे थोड़े पीले पड़ चुके थे। उस पर धूल की परत थी जिसे मैंने अनजाने में उँगलियों से साफ़ किया। जैसे-जैसे धूल हटती गई, कागज़ पर छपे अक्षर दिखाई देने लगे। मैंने उन्हें पढ़ा नहीं—कम से कम तुरंत नहीं। मैं बस कुछ क्षण उन्हें देखता रहा। शायद इसलिए कि पढ़ते ही वह सब सच हो जाता जो इतने सालों से सिर्फ यादों में था। आखिरकार मेरी नज़र उस काले निशान पर गई जो कार्ड के बीचोंबीच खिंचा हुआ था। स्याही पुरानी थी, लेकिन रेखा अब भी साफ़ दिखाई देती थी। मैं कुछ देर तक उसे देखता रहा। कमरे में खामोशी थी। इतनी गहरी कि मेरी साँस की आवाज़ भी अलग से सुनाई दे रही थी।

मैंने कार्ड धीरे से वापस रखा। बक्से के भीतर पड़े कागज़ों में एक लिफ़ाफ़ा भी था। लिफ़ाफ़ा मुड़ा हुआ था, किनारे थोड़े घिस गए थे। मैंने उस लिफ़ाफ़े को उठाया। कागज़ के

भीतर कोई बहुत पुरानी गर्मी बची हुई लग रही थी, जैसे किसी ने उसे बहुत पहले हाथ में पकड़ा हो और फिर कभी खोला न हो। मैंने लिफ़ाफ़ा पलटा। उस पर धूल की पतली परत थी, और उँगलियों के छूते ही वह उड़ गई। कुछ क्षण मैं लिफ़ाफ़े को देखता रहा, फिर उसे अपनी जेब में रख लिया। कमरे की हवा अचानक थोड़ी भारी लगने लगी थी। मैंने धीरे से बक्से का ढक्कन बंद किया, खड़ा हुआ, और एक बार पूरे कमरे पर नज़र डाली। कुछ भी बदला नहीं था—सिर्फ मेरे भीतर कुछ हिल गया था। मैंने बल्ब बंद किया। अंधेरा फिर उसी तरह कमरे में फैल गया जैसे कोई लंबे समय से अपनी जगह पर बैठा हो और थोड़ी देर उठने के बाद फिर वापस आ गया हो।

जब मैं बाहर निकला तो रात पहले से थोड़ी और गहरी हो चुकी थी। सड़क पर वही पीली रोशनी थी, वही ठंडी हवा। मैंने दरवाज़ा बंद किया, ताला लगाया, और कुछ क्षण वहीं खड़ा रहा। जेब में रखा लिफ़ाफ़ा मुझे साफ़ महसूस हो रहा था। मुझे अचानक लगा कि इतने सालों से जो वाक्य मेरे भीतर बंद था, वह शायद अब बाहर आना चाहता है और मुझे यह भी पता था कि मुझे कहाँ जाना है—क्योंकि कुछ बातें ऐसी होती हैं जिन्हें कहने के लिए आदमी को बहुत दूर नहीं जाना पड़ता, बस वहाँ जाना पड़ता है जहाँ कोई सुन नहीं सकता, लेकिन फिर भी सब सुन लिया जाता है। मैं धीरे-धीरे चल पड़ा। रात की खामोशी मेरे साथ चल रही थी, और जेब में रखा वह कागज़ मेरे हर कदम के साथ

हल्का-सा हिल रहा था, जैसे बहुत सालों से इंतज़ार कर रहा हो कि अब उसे खोल कर पढ़ा जाए।

मैं कुछ देर तक उसी सड़क पर चलता रहा। रात का वह हिस्सा था जहाँ समय जैसे थोड़ा धीमा पड़ जाता है। बिजली के खंभों की रोशनी एक-एक करके पीछे छूटती जाती थी और हर रोशनी के बाद कुछ कदमों की अँधेरी दूरी आती थी। उस अँधेरे में चलते हुए आदमी को अपने कदमों की आवाज़ ज़्यादा साफ़ सुनाई देती है। मुझे भी सुनाई दे रही थी। सूखी सड़क पर जूतों की धीमी-सी ध्वनि, जो हर कदम के साथ दोहराई जा रही थी। बीच-बीच में मैं अनजाने में अपनी जेब को छू लेता था, जैसे यह पक्का कर लेना चाहता हूँ कि कागज़ अब भी वहीं है। कागज़ का होना कोई बड़ी बात नहीं थी, लेकिन उसके होने का अर्थ बड़ा था। कुछ चीज़ें बहुत हल्की होती हैं—एक चिट्ठी, एक कागज़, एक पुराना कार्ड—लेकिन वे आदमी के भीतर इतने भारी हो जाते हैं कि उन्हें उठाए रखना ही एक तरह की थकान बन जाता है। मैं शायद वही थकान लिए चल रहा था।

रास्ते में एक मोड़ आया जहाँ से शहर का पुराना हिस्सा शुरू होता था। यहाँ घर थोड़े करीब-करीब बने थे और दीवारों पर समय के निशान साफ़ दिखाई देते थे। कहीं पलस्तर उखड़ा हुआ था, कहीं खिड़कियों के पल्ले ढीले पड़ गए थे। इन गलियों में दिन के समय भी बहुत शोर नहीं होता था, लेकिन रात में तो वे बिल्कुल ही शांत हो जाती थीं। मैं इन गलियों से गुज़रते हुए ऐसे चल रहा था जैसे इस रास्ते को पहले भी बहुत बार तय किया हो। मुझे कोई जल्दी नहीं थी, फिर भी मेरे कदम रुक नहीं रहे थे। मुझे पता था कि अगर मैं रुक गया तो शायद लौट जाऊँगा। और लौट जाना इस रात के साथ एक धोखा जैसा होता।

कुछ दूर चलने के बाद सड़क थोड़ी खुली हो गई। सामने एक लंबी दीवार दिखाई देने लगी। दीवार बहुत ऊँची नहीं थी, लेकिन उसके पीछे की खामोशी अलग तरह की थी। वहाँ हवा भी धीमी चलती हुई लगती थी। दीवार के बीचोंबीच लोहे का एक बड़ा फाटक था। फाटक बंद था और उसके पास एक छोटी-सी चौकी बनी हुई थी। चौकी पर एक आदमी बैठा था, सिर थोड़ा झुका हुआ, जैसे नींद और जाग के बीच कहीं अटका हुआ हो। पास में एक लालटेन टंगी थी जिसकी रोशनी गोल दायरे में जमीन पर गिर रही थी। उस रोशनी में उड़ती हुई छोटी-छोटी कीट-पतंगें दिखाई दे रही थीं।

मैं फाटक के सामने आकर रुक गया।

चौकी पर बैठा आदमी मेरी आहट से हल्का-सा हिला। उसने सिर उठाया, आँखें आधी खोलीं, और कुछ क्षण तक मुझे देखता रहा। शायद उसे समझने में थोड़ा समय लगा कि कोई इस वक़्त यहाँ क्यों आया है।

"कहाँ?" उसने धीमी आवाज़ में पूछा।

सवाल छोटा था, लेकिन उसमें एक तरह की थकान थी—जैसे वह हर रात ऐसे ही कुछ अनचाहे सवाल पूछता हो।

मैं कुछ पल चुप रहा। फिर मैंने फाटक की तरफ़ देखा। लोहे की सलाखों के बीच से अंदर की अँधेरी ज़मीन दिखाई दे रही थी। पेड़ों की परछाइयाँ थीं, और उनके बीच कहीं-कहीं सफ़ेद पत्थरों की हल्की आकृतियाँ।

"अंदर जाना है," मैंने धीरे से कहा।

चौकी वाला आदमी सीधा बैठ गया। उसने एक बार ऊपर से नीचे तक मुझे देखा। मेरे कपड़ों पर धूल थी, बाल थोड़े बिखरे हुए थे, और चेहरा थका हुआ लग रहा था।

"रात में नहीं खुलता," उसने लगभग आदतन कहा।

कुछ देर हम दोनों के बीच खामोशी रही। हवा हल्की थी और फाटक की एक ढीली सलाख कभी-कभी बहुत धीमी-सी आवाज़ करती थी।

"बस थोड़ी देर," मैंने फिर कहा।

चौकी वाले ने सिर हिलाया। "सुबह आ जाना।"

मैंने जेब में हाथ डाला। उँगलियाँ उस लिफ़ाफ़े से टकराईं। कागज़ की ठंडक मुझे महसूस हुई। मैंने हाथ बाहर नहीं निकाला। बस कुछ क्षण वहीं खड़ा रहा। फिर अचानक मैंने फाटक की सलाखों को पकड़ लिया।

"मुझे अभी जाना है।"

मेरी आवाज़ ज़ोर से नहीं थी, लेकिन उसमें एक ऐसी थकान थी जो किसी लंबी यात्रा के बाद आती है।

चौकी वाला आदमी अब पूरी तरह जाग गया था। वह उठकर फाटक के पास आ गया।

"कहा ना सुबह आना," उसने थोड़ा सख़्त होकर कहा।

लेकिन अब मैं फाटक छोड़ नहीं रहा था। मेरी उँगलियाँ लोहे पर कस गई थीं। कुछ पल के लिए ऐसा लगा जैसे मैं खुद भी नहीं जानता कि मैं क्या करने वाला हूँ। फिर अचानक मैंने फाटक को ज़ोर से धक्का दिया। फाटक बंद ही रहा, लेकिन आवाज़ गूँज गई।

"अरे!" चौकी वाला चौंक गया।

"बस थोड़ी देर," मैंने फिर कहा। इस बार मेरी आवाज़ थोड़ी टूट गई।

वह कुछ क्षण मुझे देखता रहा। शायद उसे समझ नहीं आ रहा था कि मैं नशे में हूँ, पागल हूँ, या बस बहुत थका हुआ हूँ।

"तुम ठीक हो?" उसने पूछा।

मैंने जवाब नहीं दिया। मैंने बस धीरे से अपना माथा फाटक की ठंडी लोहे की सलाख पर टिका दिया। कुछ सेकंड तक मैं उसी तरह खड़ा रहा। फिर मैंने जेब से वह लिफ़ाफ़ा निकाला और उसे अपने हाथ में पकड़ लिया। कागज़ हल्का था, लेकिन मेरी पकड़ बहुत सावधान थी—जैसे अगर मैंने ज़रा ढीला छोड़ा तो वह उड़ जाएगा।

"किसकी कब्र है?" उसने पूछा।

मैं कुछ क्षण चुप रहा। शायद नाम मेरे होंठों तक आया, लेकिन मैंने उसे बाहर नहीं आने दिया।

"बस... किसी की," मैंने धीरे से कहा।

फाटक के उस पार पेड़ों की शाखाएँ हवा में हिल रही थीं। उनकी परछाइयाँ जमीन पर धीरे-धीरे खिसक रही थीं।

चौकी वाला आदमी कुछ सोचता हुआ-सा दिखा। फिर उसने लंबी साँस ली, जेब से चाबी निकाली, और ताले में लगा दी।

ताला खुलते ही फाटक ने एक भारी-सी आवाज़ की।

"जल्दी निकल जाना," उसने कहा।

फाटक थोड़ा-सा खुल गया।

मैं कुछ क्षण वहीं खड़ा रहा, जैसे यक़ीन नहीं हो रहा हो कि रास्ता सच में खुल गया है। फिर मैंने धीरे से अंदर कदम रखा।

अंदर की हवा अलग थी। ज़मीन पर घास के छोटे-छोटे टुकड़े थे और उनके बीच पत्थर की कतारें फैली हुई थीं। कुछ कब्रों पर नाम साफ़ पढ़े जा सकते थे, कुछ पर समय ने उन्हें लगभग मिटा दिया था।

मैं धीरे-धीरे आगे बढ़ता गया।

मेरी चाल अब पहले से भी धीमी हो गई थी। जैसे हर कदम के साथ मैं अपने भीतर की किसी परत के करीब पहुँच रहा था।

कुछ दूर जाकर मैं रुक गया।

मैंने चारों ओर देखा।

रात पूरी तरह शांत थी।

और उस खामोशी में मैंने आखिरकार जेब से वह कागज़ निकाला, उसे दोनों हाथों में पकड़ा, और बहुत धीरे से उसके किनारे खोलने लगा...

कागज़ खोलते समय मेरी उँगलियाँ अनजाने में बहुत सावधानी से चलने लगी थीं, जैसे मैं किसी काँच की बहुत पतली चीज़ को छू रहा हूँ जो ज़रा-सी जल्दबाज़ी में टूट सकती है। लिफ़ाफ़ा पुराना था; उसके किनारों पर समय की हल्की सिलवटें पड़ चुकी थीं, जैसे इतने वर्षों तक बंद रहने के बाद भी उसमें किसी इंतज़ार की थकान रह गई हो। मैंने उसे धीरे से खोला और अंदर रखा कागज़ बाहर निकाला।

रोशनी बहुत कम थी—फाटक के पास टंगी लालटेन की हल्की लौ ही यहाँ तक पहुँच पा रही थी—फिर भी उस कागज़ पर लिखी स्याही मुझे साफ़ दिखाई दे रही थी। अजीब बात यह थी कि मैं उसे तुरंत पढ़ नहीं पा रहा था। मैं बस उसे देख रहा था। जैसे आदमी कभी-कभी किसी पुराने चेहरे को देखने में समय लगाता है, पढ़ने में नहीं—पहले यह समझने के लिए कि इतने सालों बाद वह कितना बदल गया है।

शायद उसी तरह मैं उस कागज़ को देख रहा था, जैसे वह भी किसी चेहरे की तरह मेरे सामने रखा हो। कुछ देर बाद मेरे घुटने खुद-ब-खुद मिट्टी पर टिक गए और मैं वहीं बैठ गया। सामने ज़मीन का एक छोटा-सा हिस्सा था जहाँ घास थोड़ी कम थी और मिट्टी समतल-सी लग रही थी। उसी जगह एक पत्थर था—बहुत बड़ा नहीं, लेकिन इतना कि यह समझने में देर न लगे कि यहाँ कोई सो रहा है। मैंने हाथ बढ़ाकर उस पत्थर को छुआ। वह ठंडा था। रात की

नमी उसके भीतर उतर चुकी थी। कुछ क्षण तक मैं अपना हाथ उसी पर रखे रहा, जैसे यह जानने की कोशिश कर रहा हूँ कि क्या पत्थर भी इतने सालों की खामोशी याद रखता है।

फिर मैंने बहुत धीरे से बोलना शुरू किया। मेरी आवाज़ इतनी हल्की थी कि अगर कोई दूर खड़ा होता तो शायद उसे सुनाई भी न देती, लेकिन मैं ऐसे बोल रहा था जैसे मेरे सामने कोई बैठा हो—बहुत पास, इतनी पास कि अगर मैं ज़रा और झुक जाऊँ तो उसका कंधा छू सकता हूँ।

मैंने धीरे से कहा, “मैं... देर से आया।”

यह कहते ही शब्द मेरे भीतर कहीं गहरे उतर गए और मैं कुछ क्षण चुप रह गया। जैसे उन्हें अपने ही भीतर जगह बनाने का समय दे रहा हूँ।

फिर मैंने धीरे से दोहराया, “बहुत देर से।”

मैंने एक लंबी साँस ली। रात की हवा मेरे चेहरे से गुज़र रही थी और पेड़ों की पत्तियों में बहुत हल्की-सी सरसराहट थी।

“मुझे हमेशा लगता रहा कि कहने का वक़्त बाद में भी मिल जाएगा,” मैंने कहा।

“लोग कहते हैं ना... ज़िन्दगी लंबी होती है। कि कुछ बातें जल्दी कहने की ज़रूरत नहीं होती। मैं भी यही सोचता रहा। हर बार लगा—आज नहीं तो कल कह दूँगा।”

मैं हल्का-सा हँसा, लेकिन वह हँसी पूरी नहीं हुई। जैसे बीच रास्ते में ही थक गई हो।

“कल... अजीब शब्द है,” मैंने धीरे से कहा और कागज़ अपने घुटनों पर रखकर सामने उस पत्थर को देखने लगा।

“मैंने कई बार सोचा था कि जब कहूँगा तो कैसे कहूँगा। शायद ऐसे नहीं। शायद किसी अच्छे दिन... जब धूप हो... या जब हम दोनों बिना किसी जल्दी के बैठे हों।”

मैं कुछ देर तक उसी पत्थर को देखता रहा। फिर बहुत धीमी आवाज़ में कहा, “लेकिन देखो... मैं यहाँ हूँ। और धूप भी नहीं है।”

मैंने कागज़ फिर से उठाया। मेरी आँखें कुछ क्षण उस पर टिक गईं, जैसे उसके शब्दों को याद करने की कोशिश कर रही हों। फिर मैंने पढ़ना शुरू किया। लेकिन जो आवाज़ मेरे मुँह से निकल रही थी वह पढ़ने जैसी नहीं लग रही थी—ऐसा लग रहा था जैसे शब्द कागज़ से नहीं, मेरे भीतर से निकल रहे हों।

“मुझे नहीं पता था कि चुप रहना भी एक तरह का झूठ होता है,” मैंने कहा।

“मुझे लगता था कि अगर मैं कुछ नहीं कहूँगा तो शायद सब ठीक रहेगा। लोग अपने-आप समझ लेंगे। लेकिन शायद लोग समझते नहीं... लोग बस मान लेते हैं कि जो नहीं कहा गया, वह है ही नहीं।”

मैंने थोड़ा रुककर साँस ली। हवा अब थोड़ी तेज़ हो गई थी और पेड़ों की पत्तियाँ हल्की-हल्की हिल रही थीं। "और शायद... तुमने भी यही मान लिया होगा।"

कुछ क्षण बाद मैंने फिर कहा, "मैंने कई बार सोचा कि उस दिन अगर मैं बस एक वाक्य बोल देता... तो शायद सब अलग होता। बस एक वाक्य। इतना मुश्किल भी नहीं था।" मैंने आँखें बंद कर लीं।

कुछ देर तक मैं कुछ नहीं बोला। फिर धीरे से पत्थर के और पास सरक आया और अपना कंधा उसके पास टिका दिया—जैसे वहाँ सचमुच कोई बैठा हो। मेरे हाथ में अब भी वह कागज़ था।

"मैं यह चिट्ठी बहुत पहले लिख चुका था," मैंने धीमी आवाज़ में कहा।

"लेकिन देने की हिम्मत कभी नहीं हुई। अजीब बात है ना... आदमी लिख तो देता है, लेकिन दे नहीं पाता। शायद उसे डर होता है कि अगर सामने वाला पढ़ लेगा तो सब सच हो जाएगा।"

समय धीरे-धीरे बीतता रहा। मैं कभी कागज़ को देखता, कभी सामने की मिट्टी को। कभी लगता जैसे मैं किसी को समझा रहा हूँ, कभी लगता जैसे मैं माफ़ी माँग रहा हूँ। मेरे शब्द धीरे-धीरे हल्के होते गए। मैं खुद से ही बातें कर रहा था या उससे मुझे खुद न पता लगा। मगर वो चौकीदार ने मुझे अपने मन में पागल घोषित कर लिया था शायद।

रात गहरी होती जा रही थी। हवा ठंडी हो गई थी। मैंने अपना सिर धीरे से उस जगह टिका दिया जहाँ मुझे लगा कि किसी का कंधा है। शायद उसका कंधा? शायद वो प्यारी सी मेरी साहिरा, जिसने मेरे साथ सारी दुनिया देखने का फैसला किया था। जन्मों-जन्मों तक। मैं इसी आस में उस कब्र के पास बैठ था।

मेरी आँखें बंद थीं।

होंठ अब भी हल्के-हल्के हिल रहे थे—जैसे मैं अब भी बातें कर रहा हूँ।

लेकिन आवाज़ अब बाहर नहीं आ रही थी।

कुछ देर बाद सब शांत हो गया।

रात जैसे धीरे-धीरे मेरे चारों ओर बैठ गई थी। पेड़ों की पत्तियाँ बहुत हल्के से हिल रही थीं, और हवा में मिट्टी की एक ठंडी गंध घुली हुई थी। कहीं दूर शायद कोई कुत्ता भौंका था, पर वह आवाज़ भी बहुत जल्दी इस खामोशी में डूब गई।

मैं वैसे ही बैठा रहा।

मेरे हाथ अब भी उस कागज़ को पकड़े हुए थे, लेकिन उँगलियों की पकड़ ढीली हो चुकी थी। जैसे शब्द अपना काम पूरा कर चुके हों और अब उन्हें पकड़े रखने की कोई ज़रूरत न बची हो।

मेरे भीतर की सारी बेचैनी जैसे धीरे-धीरे उतरने लगी।

इतने वर्षों से जो वाक्य मेरे भीतर बंद था, वह आखिरकार बाहर आ चुका था।

वह वाक्य बहुत बड़ा नहीं था। उसमें कोई भारी शब्द भी नहीं थे। लेकिन उसे बोलने में मुझे पूरी ज़िन्दगी लग गई थी।

मैंने अक्सर सोचा था कि जब वह दिन आएगा तो शायद सब कुछ बदल जाएगा—शायद कुछ टूट जाएगा, शायद कुछ बहुत दर्द होगा।

लेकिन उस रात ऐसा कुछ नहीं हुआ।

सिर्फ एक अजीब-सा सन्नाटा था।

और उस सन्नाटे के भीतर एक हल्कापन था, जिसे मैंने बहुत सालों से महसूस नहीं किया था।

मुझे लगा जैसे मैंने अपने कंधों पर रखा कोई बहुत पुराना बोझ धीरे से ज़मीन पर रख दिया है।

वह बोझ इतना पुराना था कि कभी-कभी मैं भूल भी जाता था कि वह मेरे साथ है। लेकिन फिर भी उसकी थकान हमेशा कहीं न कहीं बनी रहती थी।

उस रात वह थकान पहली बार कम हुई।

मैंने धीरे से सिर उठाया और सामने पड़े पत्थर को देखा।

रात की नमी उसमें उतर आई थी।

मैंने हाथ बढ़ाकर उसे फिर से छुआ।

पत्थर अब भी ठंडा था।

लेकिन उस ठंडक में अब कोई डर नहीं था।

बस एक शांति थी।

कुछ देर तक मैं उसी तरह बैठा रहा।

फिर मैंने बहुत धीरे से अपना शरीर आगे खिसकाया और वहीं घास पर लेट गया।

मेरा सिर उस पत्थर के पास टिक गया—ऐसे जैसे किसी बहुत पुराने साथी के कंधे पर सिर रखकर आराम कर रहा हूँ।

मेरी साँस अब पहले से धीमी थी।

आसमान ऊपर बिल्कुल साफ़ था।

पेड़ों की शाखाओं के बीच से कुछ तारे दिखाई दे रहे थे।

मैं उन्हें साफ़ नहीं देख पा रहा था, लेकिन उनकी हल्की रोशनी फिर भी वहाँ थी—जैसे कोई बहुत दूर से चुपचाप देख रहा हो।

मेरे होंठ अब नहीं हिल रहे थे।

जो कहना था, वह सब कहा जा चुका था।

इतने वर्षों से जो शब्द मेरे भीतर बंद थे, वे आखिरकार बाहर आ गए थे।

और अब उनके बाद कोई और वाक्य बचा नहीं था।

मेरी आँखें धीरे-धीरे और भारी होने लगीं।

शायद यह थकान थी।

या शायद यह वही नींद थी जो इतने सालों से कहीं मेरे भीतर इंतज़ार कर रही थी।

हवा बहुत हल्के से मेरे चेहरे से गुज़री।

पेड़ों की पत्तियाँ एक बार फिर सरसराईं।

और उसी शांत, ठंडी रात में—

बहुत सालों बाद—

मुझे सचमुच नींद आ गई।

www.ingramcontent.com/pod-product-compliance
Lightning Source LLC
LaVergne TN
LVHW100327210926
848480LV00003B/1286
* 9 7 9 8 9 0 4 3 1 0 6 2 2 *